APENAS UMA GAROTA COMUM

Heloisa Galindo

APENAS UMA GAROTA COMUM

TALENTOS DA LITERATURA BRASILEIRA

São Paulo, 2014

Copyright © 2014 by Heloisa Galindo

COORDENAÇÃO EDITORIAL Letícia Teófilo
DIAGRAMAÇÃO Luís Pereira
CAPA Thiago Sousa / All4Type
PREPARAÇÃO DE TEXTO Lótus Traduções
REVISÃO Patrícia Murari

TEXTO ADEQUADO ÀS NORMAS DO NOVO ACORDO ORTOGRÁFICO DA LÍNGUA PORTUGUESA (DECRETO LEGISLATIVO Nº 54, DE 1995)

DADOS INTERNACIONAIS DE CATALOGAÇÃO NA PUBLICAÇÃO (CIP)
(Câmara Brasileira do Livro, SP, Brasil)

Galindo, Heloisa
Apenas uma garota comum / Heloisa Galindo. --Barueri, SP: Novo Século Editora, 2014. --(Talentos da literatura brasileira)
1. Ficção brasileira I. Título. II. Série.

14-12356 CDD-869.93

Índices para catálogo sistemático:
1. Ficção : Literatura brasileira 869.93

2014
IMPRESSO NO BRASIL
PRINTED IN BRAZIL
DIREITOS CEDIDOS PARA ESTA EDIÇÃO À
NOVO SÉCULO EDITORA LTDA.
Alameda Araguaia, 2190 – 11º andar – CJ 1111
CEP 06455-000 – Barueri – SP
Tel. (11) 3699-7107 – Fax (11) 3699-7323
www.novoseculo.com.br
atendimento@novoseculo.com.br

Dedico este livro à minha família e às minhas amigas, que sempre me ajudaram e apoiaram, e aos meus editores, que me deram minha primeira chance.

CAPÍTULO 1

— Porcaria de despertador! – gritou Serena, dando um tapa no aparelho.

Acordar segunda de manhã não deixava ninguém animado, principalmente uma pessoa que passara a noite em claro, estudando para uma prova de matemática que decidiria se ela aproveitaria o final de semana com a amiga ou se enfrentaria o inferno que era a recuperação.

Serena levantou-se da cama, foi se arrastando até o banheiro que dividia com sua irmã mais nova, Sierra, e entrou no chuveiro. Então, deixou a água molhar sua cabeça e escorrer pelo seu corpo por um tempo, enquanto sua mente viajava por outros lugares. Fazer isso sempre a ajudava a relaxar. No entanto, aquele não era um dia em que ela poderia estar com a cabeça nas nuvens. Tinha que se concentrar na prova.

Após o banho, Serena foi se arrumar. Em seguida, penteou seus longos cabelos negros, que evidenciavam a sua única mecha branca. Ela sempre adorou isso em si mesma. Fazia com que ela parecesse diferente dos alunos da sua escola.

Serena estudava com sua melhor amiga, Aísha, uma australiana morena, de cabelos cacheados em um tom cappuccino que iam até a cintura. Ela e Serena eram amigas desde que tinham sete anos, época em que Aísha mudou-se da Austrália para a Califórnia com sua família. Aísha era uma garota bem moderna e patricinha. Todas as meninas da escola seguiam as tendências de moda que ela lançava. Ela era popular e toda desinibida. Não tinha vergonha de dizer o que pensava, nem de fazer o que achava certo, mesmo que esse *certo*, às vezes, não fosse o melhor.

Depois de se arrumar, Serena pegou sua mochila e foi até a cozinha para tomar café. Sua irmã já estava acordada, sentada à mesa e comendo seu cereal, enquanto sua mãe, Marissa, fazia panquecas. Seu pai, Phillip, lia o jornal matinal.

Quando Serena se sentou, sua mãe lhe serviu algumas panquecas e um copo de suco, ofereceu ao seu pai um pouco mais de café e também se sentou para comer.

— Filha, precisamos ir ao hospital neste final de semana. Sua avó passou mal e foi internada — disse sua mãe, dando uma mordida em uma torrada.

— Quando vocês vão?

— Na sexta — disse Phillip.

— Eu tenho que ir também? — perguntou Serena, enfiando um pedaço de panqueca na boca. — Odeio hospitais.

– Não precisa. Confio em você. Sei que consegue se cuidar sozinha.

– Ótimo.

– Eu também quero ficar! – disse Sierra.

– Nem em sonhos. Você quase incendiou tudo da última vez que ficou em casa sozinha – falou Phillip, dando outro gole no café.

– Mas desta vez eu tenho a Serena.

– Ainda assim, você precisa da supervisão de um adulto durante a maior parte do dia. A Serena não estará em casa o tempo todo.

Sierra não gostou muito da palavra final da mãe, mas não discutiu mais.

Depois do café, Serena pegou suas coisas e foi para a escola.

A escola de Serena ficava a apenas quinze minutos de caminhada da sua casa, o que era uma vantagem, porque ela não gostava de sair de carro com sua mãe. Sempre que estava sozinha com outra pessoa, mesmo que fosse alguém de sua família, pairava um silêncio desconfortável que era impossível de ser quebrado. Um dos motivos para isso é que Serena sempre foi muito tímida. Na escola, a maioria das pessoas a importunava por causa de sua timidez, principalmente Caise, a menina mais popular da escola e capitã da equipe de natação. Ela era uma loira oxigenada que se achava superior a todos só porque o papai tinha muito dinheiro, e porque ela detinha o recorde de nadadora mais rápida da escola. Por sorte, Serena tinha Aísha, que sempre a ajudava com problemas como Caise.

Quando Serena chegou à escola, foi até seu armário, jogou sua mochila ali dentro e pegou seus livros. Sua primeira aula era Matemática, com o Sr. Nazuko, o professor mais rigoroso que havia na escola. Mesmo sendo careca e bem baixinho, ele conseguia intimidar. Até alguns professores tinham medo dele. E suas provas eram as mais difíceis. Elas geralmente tinham vinte questões enormes, e era estabelecida apenas uma hora para responder exatamente da forma como ele havia ensinado. Se uma vírgula estivesse fora do lugar, ele anulava toda a questão, mesmo que ela estivesse certa. E, se ele visse algum aluno tentando colar, fazia questão de que esse aluno fosse reprovado na sua matéria.

Serena entrou na sala de aula e viu Aísha sentada em seu lugar de costume, em uma das carteiras dos fundos. Suas coisas estavam depositadas na carteira ao seu lado, mostrando que ela havia guardado um lugar para Serena. Assim que Aísha viu a amiga, abriu um sorriso caloroso e colocou suas coisas na carteira à sua frente.

– Nossa, você está com uma cara horrível – notou Aísha, tirando um dos fones do ouvido.

– Muito *gentil* da sua parte. Passei a noite acordada estudando – disse Serena, dando um longo bocejo.

– Está preparada?

– Não. Fiquei com câimbra na mão à toa. Definitivamente, eu não me dou bem com matemática.

– Não se preocupe, você vai conseguir. Você é uma das alunas mais inteligentes desta escola – disse Aísha, tentando animar a amiga.

Serena fez cara de quem não estava a fim de papo e deitou a cabeça na mesa.

Dez minutos depois, o Sr. Nazuko chegou e distribuiu as provas fazendo o mesmo discurso de sempre, dizendo que não queria ver ninguém com cola ou com o celular, que era proibido conversar e todas aquelas baboseiras que os professores falam um pouco antes de uma prova começar. Quando ele autorizou, os alunos viraram as provas e começaram a escrever.

Serena mal tinha lido a primeira questão quando sua cabeça começou a rodar. Conforme o tempo passava, ela ficava cada vez mais nervosa. Sua cabeça não havia gravado nada da matéria. Tudo aquilo parecia grego. Depois de meia hora, ela tinha respondido a apenas cinco questões. As perguntas pareciam ficar mais difíceis à medida que ela se aproximava do final da prova.

Faltando apenas cinco minutos para o fim da aula, Serena era a única que ainda não tinha entregado a prova. Quando o tempo se esgotou, ela havia respondido somente metade dela e, provavelmente, errado quase todas as questões. Ela sabia que tinha se dado mal.

– Você acha que ficou acima da média pelo menos? – perguntou Aísha, tentando animar a amiga.

Serena negou e suspirou pesadamente.

– Não se preocupe. Quando sair o resultado, eu posso ajudá-la a estudar para a prova de recuperação, caso você realmente não tenha atingido a nota.

– Obrigada.

Depois da escola, as meninas foram até o Aqua's, um antigo café da cidade que era integrado a uma livraria. Assim que elas chegaram, Serena foi escolher um lugar enquanto Aísha pegava as bebidas. O Aqua's eram bem aconchegante. Havia estantes espalhadas por todas as paredes, sofás de couro e mesas ocupadas por várias pessoas lendo, namorando e tomando seu café da tarde. No fundo da loja havia um balcão cheio de doces de aparência deliciosa. Atrás dele, três balconistas corriam para anotar, preparar e cobrar os pedidos.

Serena escolheu seu lugar de sempre: um sofá de couro preto que ficava em um cantinho, na seção de ficção do lugar. Ela colocou suas coisas no sofá e foi dar uma olhada nos livros. Os livros eram uma de suas paixões. Ela sempre amou ler. Era um jeito de fugir da realidade, da sua família maluca e do inferno que era a escola.

Serena estava envolta em seus pensamentos quando Aísha chegou com dois copos de isopor cheios de chocolate quente. Ela agradeceu, pegou um copo e se sentou.

– Então, o que vai fazer neste final de semana? – perguntou Aísha, dando um gole no chocolate.

– Nada – respondeu Serena, brincando com o copo.

Naquele final de semana era o aniversário de dezesseis anos de Serena, mas seus pais viajavam todo ano, e sempre a deixavam sozinha com a irmã.

– Meus pais vão ter de viajar para cuidar da minha avó, que está internada.

– Este ano também? Eles não podem ficar pelo menos uma vez em casa? É o seu aniversário de dezesseis anos. O sonho de toda garota é ter uma superfesta de debutante.

– É... Minha superfesta de debutante será passar o dia na frente da TV.

– Não, não, não. Eu não vou deixar que você faça isso. Na sexta, nós iremos ao cabeleireiro, depois faremos compras e, no final do dia, daremos a melhor festa do pijama de todas. Quando der meia-noite, comemoraremos seu aniversário com bolo, música e muitas outras coisas. Que tal?

– Gostei da ideia – respondeu Serena, se animando.

Depois do café, as meninas foram para casa.

Quando Serena chegou, seus pais ainda não estavam em casa e sua irmã devia estar na casa de uma amiga, o que significava que ela tinha a casa só para si por algumas horas. Ela foi até seu quarto para colocar uma roupa mais confortável, depois desceu para a sala de estar. Não sabia ao certo que horas eram quando caiu no sono, mas seus pais ainda não haviam chegado em casa.

No dia seguinte, Serena acordou sentindo um formigamento acima dos olhos, então percebeu que havia dormido na sala. A TV ainda estava ligada, mas fora do ar. Seu corpo todo estava dolorido por causa do sofá da sua casa, que era muito desconfortável. Quando se levantou, todos os ossos de seu corpo estralaram. Ela foi até a cozinha, que estava vazia, sem sinal de seus pais ou de sua irmã. Havia apenas um bilhete afixado na geladeira:

Filha, tivemos que adiantar a viagem porque sua avó piorou. Ligaremos assim que pudermos.

Voltaremos no domingo, se tudo correr bem. Nós te amamos. Com amor, Mamãe.

Então era isso. Ela ficaria sozinha em casa não só no fim de semana, mas pelo resto da semana também. E sua avó ainda havia piorado. Não que ela fosse muito chegada à avó, mas mesmo assim ela a amava. A semana não poderia ficar pior.

Depois da notícia do bilhete, além do formigamento em seus olhos, Serena passou a sentir uma leve dor de cabeça. Ignorando a dor, ela decidiu se arrumar e ir para a escola.

Na escola, Serena contou a Aísha sobre o bilhete. Aísha ficou preocupada com a avó da amiga, mas também feliz, porque a festa que elas estavam planejando não seria interrompida por uma criança de treze anos.

Antes do início da terceira aula, a diretora passou de sala em sala com alguns dos treinadores da escola avisando que os treinos para a competição anual começariam na semana seguinte, e que a escalação de alunos estaria afixada no quadro de avisos após o almoço.

Todo ano, o estado organizava uma competição entre as escolas para incentivar o exercício físico, e a escola vencedora recebia um prêmio em dinheiro para investir em melhorias. As modalidades variavam desde futebol até boxe. Todos os alunos do ensino médio eram obrigados a treinar e participar da competição na modalidade para a qual fossem convocados.

Dito e feito. Depois do almoço, havia uma grande aglomeração em frente ao quadro de avisos. Com um pouco de esforço, Serena conseguiu chegar perto o suficiente para achar seu nome e o de Aísha nas colunas de natação e vôlei, respectivamente. Natação, assim como matemática, não era o forte de Serena. Desde pequena, sua mãe tentava ensiná-la a nadar, mas nunca dava certo. Ela não tinha coordenação para isso. Sempre tinha a sensação de que a água a puxava para baixo. Já Aísha era uma ótima jogadora de vôlei. A treinadora já havia lhe oferecido o cargo de capitã do time, mas ela o recusara. Dizia que o suor a enojava.

 A sexta aula de Serena era Mitologia, com sua professora preferida, Mitch. Ela era alta e magra, com cabelos longos e castanhos. Sempre que precisava conversar, Serena ligava para a professora e pedia um conselho. Ela não conhecia ninguém que soubesse mais sobre mitologia e coisas que as pessoas consideravam lendas do que a professora.

—

 No dia seguinte, Serena continuou sentindo um formigamento acima dos olhos e uma dor de cabeça muito forte. Na quinta, a dor insistente piorou. Na sexta, seus sintomas se tornaram tão insuportáveis que Serena nem foi para a escola.

 Depois da aula, Aísha foi até a casa de Serena para lhe fazer companhia.

 — Pelo jeito não vai rolar festa hoje, né? — perguntou Aísha.

 — Sinto muito, amiga. Você teve tanto trabalho. E eu, para ajudar, acordo doente.

– Não precisa se desculpar. Ninguém pode prever quando vai ficar doente. E nós não precisamos cancelar a festa. Ainda podemos assistir a alguns filmes e comer pipoca. O que acha?

Serena assentiu.

– Certo. Vou até a minha casa pegar algumas coisas e volto daqui a pouco.

– Tudo bem – disse Serena.

Serena foi até o andar de baixo para abrir a porta para a amiga, depois voltou para seu quarto e caiu no sono.

Algumas horas depois, Serena acordou com um maravilhoso cheiro de tomate e ervas vindo da cozinha. Ela se levantou, colocou suas pantufas de coelhinho, que sua mãe havia lhe dado de aniversário quando era mais nova, e desceu para a cozinha, seguindo aquele cheiro apetitoso. Em cima do fogão, havia um panelão com um líquido vermelho e espesso que borbulhava, exalando um aroma divino. Na bancada ao lado, havia uma tábua com vários legumes picados.

– Legal, você acordou. Dormiu bem? – perguntou Aísha, com um algodão todo ensanguentado em uma das mãos e uma caixa de curativos na outra.

Serena, assustada com a cena, concordou com a cabeça.

– Que ótimo! Eu cheguei faz umas duas horas. Eu toquei a campainha, mas, como você não atendia, peguei a chave reserva e entrei. Fui ver se estava tudo bem, mas você estava dormindo tão tranquilamente que decidi não acordá-la. Então, deixei minhas coisas na sala e vim aqui buscar alguma coisa para comer. Quando vi esses legumes, decidi fazer a sopa milagrosa da minha mãe. E... eu trouxe isto. – Aísha abriu a geladeira e apontou para um enorme prato com uma torta muito familiar. Era a torta de caramelo, a preferida de Serena desde pequenininha.

– Ah... obrigada! Você quer alguma ajuda?

– Você pode me ajudar com o curativo? Eu cortei o dedo enquanto picava os legumes.

– Deu pra perceber – caçoou Serena, rindo enquanto colocava o curativo no dedo da amiga.

Enquanto Aísha continuava a cozinhar, Serena foi até seu quarto e pegou o celular, para ver se seus pais haviam ligado. Nem sinal deles.

Quando a sopa ficou pronta, Aísha a serviu em dois pratos e pegou dois refrigerantes na geladeira. A sopa estava uma delícia. Tinha a combinação perfeita de ingredientes que descia pela garganta quente e reconfortante.

– Então, como foi a aula hoje? – quis saber Serena, mergulhando um pãozinho no caldo.

– A mesma chatice de sempre. Aula, lição, essas coisas. Ah, antes que eu me esqueça, a diretora me pediu para te avisar que o treino começa semana que vem, na segunda.

Serena não se manifestou. Apenas respirou fundo e continuou comendo.

Terminada a sopa, as meninas foram para a sala. Aísha havia ajeitado os colchões bem em frente à TV, bem como colocado várias guloseimas e filmes de todos os gêneros em uma mesa. Elas ficaram vendo filme até por volta das quatro e meia da manhã. Antes de dormir,

Aísha pegou a torta na geladeira e cantou parabéns para a amiga. Em seguida, as duas caíram no sono.

Algumas horas mais tarde, Serena acordou se sentindo exausta. A festa do pijama do dia anterior tinha sido boa, mesmo que sem muita farra. Ela se levantou e, quando estava a caminho do banheiro, percebeu que não sentia mais dor de cabeça. *A sopa de Aísha é mesmo milagrosa*, pensou. Ela entrou no banheiro e lavou o rosto. Ao secá-lo, ela se olhou no espelho e deu um grito ensurdecedor.

CAPÍTULO 2

O grito de Serena fez com que Aísha acordasse com um pulo e saísse correndo para ajudar a amiga.

– O que aconteceu? – perguntou Aísha, ofegante.

Serena encarava o espelho, petrificada. Sem dizer nada, ela simplesmente se virou para a amiga. O queixo de Aísha caiu. Os olhos azuis de Serena estavam roxos.

– Nossa! O que aconteceu com seus olhos? – perguntou Aísha, espantada.

– Nada! Eu acordei e eles estavam assim!

– Como isso é possível?

– Eu não sei! – gritou Serena, se irritando. – Ótimo. Como se não bastassem minha família esquisita, minha avó doente e minhas péssimas notas em matemática, agora meu corpo começou a endoidar.

– Eita! Agora ficou mais estranho – disse Aísha, olhando para a amiga.

Serena fez cara de interrogação e se virou para o espelho. O roxo se tornara um vermelho vivo.

– Ótimo! Tem como minha vida piorar?
– Acalme-se. Deve haver uma explicação para isso.
– Qual? Qual? A única explicação que existe é que eu virei uma aberração.
– Não está tão ruim assim – disse Aísha, tentando acalmar a amiga.
– Não está tão ruim? – berrou Serena. – Aísha, meus olhos estão vermelhos, e quando eu acordei eles estavam roxos! O único lugar onde isso não seria tão ruim seria em um show de aberrações.
– Está bem. Eu estou vendo que você está nervosa. Mas nada se resolve quando se está nervoso. Por isso, primeiro, tente se acalmar.

Aísha tinha razão. Nada se resolvia com raiva. Então, para se acalmar, Serena começou a respirar fundo.
– Viu como a calma resolve as coisas? Seus olhos voltaram ao normal!

Serena se virou rapidamente para o espelho e encarou seu reflexo. Uma onda de alívio invadiu seu corpo. Seus olhos haviam voltado ao tom azul-claro de antes.
– Certo, o que vamos fazer agora? – perguntou Aísha.
– Como assim?
– Aonde vamos tomar café? Você quer comer aqui? No Aqua's? A escolha é sua.
– Sério? Isso está acontecendo comigo e você está pensando em comer? – perguntou Serena, abismada. – Temos que dar um jeito nisso. O que eu vou fazer se isso acontecer na escola? O pessoal já pega no meu pé porque eu sou tímida. Se eles virem meus olhos roxos ou vermelhos, serei ridicularizada para o resto da minha vida.

– Eu sei que isso é grave. Eu jamais iria querer que minha melhor amiga fosse humilhada até a morte. Mas eu não consigo pensar direito quando estou com fome. Então, vamos comer aqui ou no Aqua's?
A contragosto, Serena concordou em ir ao Aqua's.
As meninas subiram para se arrumar e depois foram para o café. Enquanto Aísha pegava os cafés, Serena foi para seu lugar de sempre no fundo do estabelecimento. Ela deixou suas coisas no sofá e foi olhar os livros, mas seus pensamentos a fizeram voltar ao que ela havia perguntado a Aísha alguns instantes atrás. E se isso acontecesse na escola? O que faria se tivesse que fazer uma prova oral ou uma apresentação em que tivesse que ficar de frente para a sala inteira e seus olhos mudassem de cor? Serena não aguentaria mais humilhações em sua vida.
Enquanto pensava, Serena sentiu uma leve pressão nos olhos que a incomodou bastante.
– Então, por onde começamos a pesquisar depois daqui? – perguntou Aísha, colocando dois muffins de chocolate e dois copos de isopor com cappuccino quente na mesa, tirando Serena de seus pensamentos. – Eu acho que devemos pesquisar isso na internet e tentar consultar os livros da sua mãe. Nós podemos encontrar quase tudo na internet e... estão bege.
– Como? – questionou Serena, sentando no sofá e dando uma mordida no muffin.
– Seus olhos estão bege. O que você estava fazendo? – perguntou Aísha, enquanto bebericava seu cappuccino.
– Nada. Estava apenas pensando. Mas foi interessante você falar isso, porque eu senti uma pressão nos

meus olhos – contou Serena, enquanto pegava o espelhinho na bolsa.

– Você está me dizendo que sente quando seus olhos mudam?

Serena assentiu, colocando o espelhinho de volta na bolsa e voltando a comer.

– Isso é bom. Dessa forma será mais fácil de disfarçar se isso acontecer no meio da sala ou algo do tipo. Enfim, como eu estava dizendo, acho que seria uma boa ideia buscar algo nos livros da sua mãe. Ela tem livros sobre tudo, e... – antes que Aísha pudesse terminar de falar, o celular de Serena apitou, avisando que havia uma nova mensagem:

> Filha, nós teremos que passar mais alguns dias aqui com sua avó. Seu pai vai levar sua irmã para a casa de uma amiga dela, para que ela não lhe dê tanto trabalho, mas ela vai passar os finais de semana com você. Deixe tudo o que for inflamável o mais longe possível dela. Se acontecer alguma coisa, não hesite em me ligar. Assim que conseguirmos, ligaremos para você. Beijos, Mamãe.

– Eles esqueceram – disse Serena, virando o celular para que a amiga lesse a mensagem.

– Sinto muito.

— Não sinta. Eu já esperava. Pelo menos terei mais alguns dias para resolver isso antes que meus pais voltem. E, sobre ver os livros da minha mãe, eu acho uma boa ideia, mas temos que deixar tudo como se nunca tivéssemos passado pelo seu escritório, senão ela pode nos matar. Ela nunca me deixou entrar lá.

Marissa trabalhava em uma biblioteca quando era mais nova e sempre trazia livros para a casa, o que resultou em uma enorme coleção de livros variados acumulando poeira nas prateleiras.

— Tudo bem. Mexer nas coisas e não deixar vestígios da minha presença é a minha especialidade.

Serena riu e deu outra mordida no muffin.

Depois que terminaram de comer, as meninas voltaram para a casa de Serena e foram diretamente para o escritório de Marissa, que ficava no lugar mais escondido da casa. Quando era pequena, Serena sempre tentava entrar ali, mas a mãe nunca deixava. Falava que era um lugar de adultos. Ela tentou várias vezes, mas nunca conseguiu. Ela então desistiu e, com o passar do tempo, acabou esquecendo. As meninas abriram a porta devagar, mas foram cercadas por uma nuvem de poeira, que fez com que elas se engasgassem.

O escritório era bem grande e escuro. Tinha duas paredes recheadas de livros e uma escrivaninha de mogno no meio. Havia também dois sofás de couro preto e uma mesinha de centro entre eles. Tudo estava coberto com uma fina camada de poeira, e o ambiente tinha um leve cheiro de mofo. Ao entrar, as meninas foram direto para as estantes.

– Então, por onde começamos?

Serena balançou a cabeça negativamente. Então, elas pegaram alguns livros e foram para os sofás. Elas leram cada livro daquele lugar. Ficaram até tarde examinando livro atrás de livro, mas nenhum deles tinha alguma informação útil, e a poeira já estava começando a irritar a garganta de Serena.

– E se isso for uma gripe passageira? – perguntou Aísha, depois de colocar o que parecia ser o vigésimo ou o vigésimo primeiro livro na pilha.

– Ah, claro. A famosa gripe dos olhos coloridos.

– Nunca se sabe. Pode ser uma doença rara. Existem várias, como aquela doença que muda a cor da pele das pessoas.

– Aísha, pense bem no que você está dizendo. O meu problema é com os olhos, não com a pele. E esses livros não têm qualquer informação que nos ajude. Por isso minha mãe nunca me deixou entrar aqui. Tudo isso é um tédio. Vamos arrumar tudo para que minha mãe não note que estivemos aqui.

Aísha era mesmo uma mestra em deixar os lugares como se ninguém tivesse passado por eles. Até as pegadas na poeira que estava no chão ela conseguiu disfarçar.

– Então, vamos procurar em outro lugar? – perguntou Serena, fechando a porta do escritório.

– Me desculpe. Já está tarde e daqui a pouco minha mãe vai me ligar irritada, me mandando ir pra casa.

– Tudo bem. Amanhã você virá aqui?

– Não vai dar. Eu vou sair com a minha mãe. Haverá um almoço beneficente no emprego dela e ela quer que eu vá junto.

– Entendi. Tudo bem então. Eu vou ficar em casa vendo se encontro algo na internet.

– Ok. Ligue pra mim se conseguir encontrar alguma coisa.

Serena assentiu e levou a amiga até a porta. Então, foi até a sala e viu que a bagunça que elas haviam feito na noite anterior ainda estava lá. Ela limpou tudo e subiu para o quarto.

Serena passou o dia seguinte inteiro procurando dados na internet, mas, por mais incrível que pareça, não havia nada lá também. Ela ligou para Aísha ao cair da noite, mas não foi atendida. Ainda devia estar no evento com a mãe dela. Então, tentou bolar um plano para caso algo acontecesse na escola. Ela pensou em usar lentes de contato, mas não tinha lentes e não precisava delas. Ela não tinha nem mesmo óculos de sol. Serena tentou, mas nada veio a sua mente. A única maneira plausível era tentar manter as cores sob controle.

CAPÍTULO 3

— Aqui está – mostrou Aísha, entregando a Serena um par de óculos de sol.
— Pra que eu vou querer isso?
— Bom, você me disse que sente quando seus olhos mudam. Então, quando sentir alguma coisa, é só colocar os óculos – disse Aísha.
— Mas eu não posso usar isso na sala.
— Essa é uma das vantagens de sentar no fundão. Agora pare de frescura e experimente os óculos.
Serena olhou para a amiga, depois para os óculos. Hesitante, ela os colocou.
— Ficaram perfeitos!
Serena levantou os óculos e olhou para a amiga com ironia.
Depois de pegar o material, as meninas estavam a caminho da aula do Sr. Nazuko quando foram interceptadas por Caise e suas fiéis cadelinhas: Chloe, de cabelos castanhos curtos e encaracolados, e Emma, uma

garota miudinha com cabelos ruivos que sempre concordava com o que Caise dizia. Elas eram conhecidas por Serena e Aísha como as cadelinhas fiéis de Caise, porque faziam tudo o que ela mandava e andavam junto dela como se usassem coleiras.

– Olá, queridinha. Vi que você foi escalada para a equipe de natação.

– Sim, já que você está na equipe, a treinadora teve que fazer alguma coisa pra melhorá-la – disse Aísha, tentando ajudar a amiga.

– *Muito engraçado* – Caise falou, com ironia e desprezo, depois se voltou para Serena: – Espero que não estrague tudo este ano. – E, ao estalar os dedos, Caise e sua turma seguiram para a aula, assim como Serena e Aísha.

Há alguns anos, a escola de Serena conseguiu chegar até a final do campeonato anual, mas Serena acabou estragando tudo no último minuto. Desde então, todas as meninas do time de natação permanente a tratavam com desprezo, e a diretora fazia de tudo para não colocá-la na equipe de novo. Com exceção daquele ano.

– Algum dia essa oxigenada vai se arrepender de tudo o que faz a você.

Serena não falou nada. Ela simplesmente colocou os óculos e foi para a aula.

– Não se preocupe. Eu vou te ajudar a estudar – consolou Aísha, tentando acalmar a amiga.

Quando as meninas receberam o resultado da prova, Serena deu um suspiro profundo. Sua nota fora a pior da sala. Ela já esperava por isso, já que não tinha feito toda a prova e a maioria das questões que respondeu estava errada. Ainda assim, ver o resultado era decepcionante. Ela sentiu a recém-conhecida pressão nos olhos enquanto olhava a prova.

– De que cor estão? – Serena perguntou, se virando para a amiga.

– Bem... um está verde, bem escuro, e o outro está cinza.

Serena agradeceu à amiga e voltou a encarar a prova. Como que percebendo a tristeza da amiga por causa da prova e, agora, pelo fato de que cada olho estava de uma cor diferente, Aísha segurou suas mãos e disse:

– Ei, não fique assim. Vamos dar um jeito nisso. Nós descobriremos como e por que isso está acontecendo com você, e tentaremos reverter isso. E, com relação à prova, você vai recuperar a nota. Eu vou te ajudar.

Serena não disse nada. Ficou apenas encarando a folha de papel.

Mais tarde naquele dia, Serena foi até o vestiário, para se preparar para o primeiro treino do ano. A equipe era dividida em grupos, que iam das meninas que não nadavam tão bem, como Serena, até as melhores, como Caise. Para acompanhar os treinos, havia um grande painel eletrônico nos fundos da área da piscina, que marcava o tempo de cada garota, seu desempenho e em que posição ela estava no *ranking*.

O primeiro grupo a treinar foi o de Caise. Ela detinha o recorde de nadadora mais rápida da escola, vencendo uma competição em cinquenta segundos. E ela não decepcionou mais uma vez. Venceu, fazendo seu trajeto em quase um minuto.

O tempo foi passando até que, depois de vários grupos, chegou a vez do grupo de Serena treinar. Ela subiu no bloco de partida e, quando a treinadora soprou o apito, mergulhou.

A princípio, Serena estava por último. Até Erika, uma menina gordinha do primeiro ano que também fora convocada para a equipe deste ano, a ultrapassou. Mas então, suas pernas e seus braços foram ficando mais fortes, e ela começou a nadar mais rápido. Quando viu, estava em segundo lugar, e, na hora da virada, assim que fez a cambalhota e deu o impulso na parede, ficou em primeiro.

Quando Serena tocou a parede, sentiu a pressão em seus olhos e viu, em seu reflexo na piscina, que eles haviam ficado rosa. Todos na área da piscina olhavam abismados para o painel e para ela. Caise lhe lançava um olhar de ódio. Serena então se virou, e o choque assumiu suas feições. Ela havia vencido a competição em menos de trinta segundos. Ela havia batido o recorde de Caise. Ninguém havia conseguido isso desde que ela entrara na escola. Serena sentiu que todos os olhos do recinto estavam vidrados nela. Assustada e confusa, ela saiu da piscina e correu para a casa.

CAPÍTULO 4

Mais tarde, depois do treino, Aísha foi visitar Serena e levar as coisas dela que haviam ficado no armário. Ela entrou, deixou as coisas na cozinha e foi procurar pela amiga. Aísha a encontrou encolhida no sofá, toda molhada, ainda vestindo o maiô que usara no treino.

– O que aconteceu? – perguntou Aísha, se sentando na outra ponta do sofá. – Eu fui procurar por você depois do treino, mas algumas meninas me disseram que você saiu correndo depois da competição. Fiquei preocupada com você.

Serena contou a Aísha o que aconteceu. Contou sobre como ganhou a corrida e como quebrara o recorde de Caise.

– Então... você quebrou o recorde de Caise? – Aísha perguntou em tom de excitação.

Quando Serena assentiu, Aísha deu um gritinho e começou a rir: – Eu disse que aquela oxigenada teria o que merece.

— Mas eu não gostei disso. Agora as pessoas vão esperar mais de mim. E eu nem sei como eu fiz isso. Não sei como foi possível que alguém como eu, que afunda como uma pedra quando entra em uma piscina e quase não consegue sair do lugar, tenha conseguido fazer uma coisa como essa. Como eu consegui fazer isso?

— Eu não sei responder. Se quiser, podemos ir até a biblioteca. Nós teríamos que ir lá de qualquer jeito, já que não encontramos nada nos livros da sua mãe nem na internet.

Serena concordou e se levantou. Foi só quando sentiu um vento gelado atingi-la que ela reparou que ainda estava molhada. Ela então subiu até o quarto e tomou um banho rápido bem quente. Em seguida, as meninas saíram.

A biblioteca ficava quase na saída da cidade. Era um prédio antigo e gigantesco. Do lado de fora, havia uma escadaria extensa que levava até a entrada. Por dentro, o local era enorme. Tinha várias estantes recheadas de livros. Nos fundos, via-se várias mesas com abajures, por causa da pouca luz do recinto. Perto delas, havia uma bancada, onde a bibliotecária carimbava alguns livros que haviam sido devolvidos ou que haviam acabado de chegar.

O local estava deserto. Mas também, não era para menos: as meninas chegaram quase uma hora antes de fechar, e ninguém ia para a biblioteca às segundas, muito menos à noite, a não ser que houvesse um trabalho para fazer em cima da hora.

As meninas se separaram e começaram sua busca, mas não tiveram nenhum progresso. Elas continuaram procurando livros até a bibliotecária pedir que elas saíssem — pela terceira vez — para que pudesse fechar. Por fim, se deram por vencidas. Não conseguiriam encontrar nada com uma velha em seu encalço.

Em casa, depois de ter deixado Aísha, Serena pegou um pacote de salgadinho no armário da cozinha e foi para a sala. Ela se estirou no sofá e ligou a TV. Passou por quase todos os canais, mas não havia nada que prestasse. *De que adianta ter mais de quinhentos canais se em nenhum deles passa alguma coisa interessante?*, pensou Serena.

Quando já estava perto dos últimos canais, o som da campainha assustou Serena. Ela colocou o salgadinho e o refrigerante na mesa ao lado do sofá. Quando foi atender a porta, para sua surpresa, não havia ninguém lá. Havia apenas uma pequena caixa endereçada a ela. Serena pegou o pacote e fechou a porta. Na sala, ela o abriu. Dentro, encontrou uma caixinha de anel e um bilhete:

Isso talvez ajude a responder algumas de suas perguntas. Feliz aniversário.

Quem quer que tenha lhe mandado o pacote não queria mesmo ser descoberto, porque nem o bilhete tinha assinatura. Deixando o misterioso bilhete de lado, Serena pegou a caixinha de anel e a abriu. Dentro, ela encontrou um anel simples, com pequenos desenhos de golfinhos em volta. Quando ela o tocou, ele ficou rosa, e ela sentiu a pressão passar por seus olhos demonstrando surpresa. Como o anel, seus olhos também ficaram rosa. E foi então que a ficha caiu. *Como eu não pensei nisso antes?*

No dia seguinte, assim que Serena entrou pelas portas da escola, o corredor inteiro ficou em silêncio, que logo foi quebrado por um burburinho, acompanhado por pessoas apontando para ela e a encarando. Mesmo desconfortável, Serena tentou ignorar o que estava acontecendo. Ela precisava encontrar Aísha.

Serena foi até o armário da amiga, mas ela não estava lá. Tentou seu próprio armário, falou com as meninas da equipe de vôlei e a procurou até no banheiro, mas nada. Como sua primeira aula começaria em instantes, ela decidiu que falaria com a amiga depois dela. No entanto, quando estava a caminho da sala, Serena quase derrubou Aísha, que saía da biblioteca frustrada pelo fato de não ter achado o que estava procurando.

– Finalmente! Onde você se enfiou?

– Fui checar se havia um livro de que eu preciso para um trabalho de filosofia que devo entregar daqui a duas semanas. Como ele é gigantesco, já estou me antecipando. O problema é que todos já foram emprestados. E por que seus olhos estão cobre?

Serena entregou a Aísha um papel com os nomes de várias cores e seus respectivos sentimentos, lado a lado.

– Eu descobri! – Serena finalmente respondeu.

– Descobriu... o quê?

– O padrão de cores. Meu padrão de cores.

Serena explicou tudo a caminho da aula. Quando elas se acomodaram em seus lugares e Serena parou de falar, Aísha ainda estava digerindo toda a informação.

– Então... seus olhos mudam de cor conforme seu humor?

Serena assentiu.

– E, neste momento, eles estão cobre porque você está ansiosa com toda essa situação?

Serena assentiu novamente.

– Que máximo! Você é como um anel de humor tamanho família.

CAPÍTULO 5

Depois do almoço, Aísha foi à caça do livro para seu trabalho e Serena foi até seu armário. Enquanto passava brilho labial sabor abacaxi, seu favorito, seus ouvidos captaram o som de uma voz aguda e estridente muito conhecida.

– Serena, querida! Adivinha? Você está no meu grupo de treino! – gritou Caise, encostando-se nos armários. – Isso não é o *máximo*? Eu estou *tão* animada! – O sarcasmo era evidente em sua voz.

Serena não disse nada. Apenas continuou encarando a porta do armário.

– Mas escute aqui, sua inútil: não é só porque você se deu bem ontem que pode começar a se gabar. Eu não sei como você fez o que fez, mas saiba que isso vai mudar. Não pense que essa sua fase boa vai durar, porque eu farei de tudo para que sua vida se torne um inferno. – E, ao estalar os dedos, Caise e suas cadelinhas fiéis foram embora.

Serena manteve a cabeça baixa. Seus olhos estavam vermelhos bem vivos. Ela fechou a porta do armário com tanta força que balançou os armários que estavam ao lado. Então, saiu correndo para a sala, com os olhos ardendo, tentando conter as lágrimas.

– Ninguém nesta escola tem aquela porcaria de livro. É incrível como uma coisa desaparece da face da terra quando mais precisamos dela – disse Aísha, sentando-se ao lado de Serena.

Serena não respondeu. Simplesmente continuou encarando a mesa, fazendo algum contato visual apenas pelo canto do olho, o que foi suficiente para que a amiga visse a cor de seus olhos.

– O que aconteceu? – perguntou Aísha bem no momento em que o sinal tocou e o professor entrou na sala.

– Caise – Serena respondeu sem emitir som algum.

Aísha pegou um pedaço de papel e começou a escrever.

Não era fácil conversar na aula do Sr. B, como o professor era chamado. Ele era um homem de estatura alta, com o rosto redondo e todo acabado. Era ligeiramente barrigudo e usava roupas que evidenciavam sua barriga ainda mais. Ninguém nunca soube seu nome verdadeiro. Ele nunca contou a ninguém. Correm boatos na escola de que ele não dizia seu verdadeiro nome porque trabalhava para o governo. Ele gritava muito, como se todos os alunos fossem surdos. E ele sempre implicava com Serena. Sempre a pegava lendo durante sua aula, tomava seus livros e devolvia apenas no fim do dia.

Aísha terminou de escrever o bilhete e o entregou a Serena:

O que ela fez?, Aísha perguntou.

Besteira. Aquela anta só sabe fazer besteira, Serena respondeu e devolveu o papel a Aísha.

Mas o que exatamente?

Mais tarde conversamos.

Aísha concordou, amassando o papel e jogando-o no lixo.

Durante a aula de Mitologia, Serena se manteve encolhida em sua carteira, olhando fixamente para o caderno, tentando se fechar para o mundo. A vida dela havia se tornado um inferno. Ela se tornara uma aberração e não fazia a mínima ideia de por que isso acontecera. E agora, para piorar as coisas, ela recebia ameaças de Caise. Quando o sinal tocou, Serena foi tirada do seu mundo de pensamentos.

– Serena, querida, poderia esperar um instante? – pediu a professora Mitch, um pouco antes de Serena sair da sala. – Está tudo bem? Você parecia distraída hoje, e geralmente você é minha aluna mais atenciosa.

Serena congelou. Será que a professora descobrira o que estava acontecendo? Ela sentiu aquela conhecida pressão nos olhos que indicava que eles estavam mudando de cor, e então lembrou que havia deixado os óculos de Aísha no armário. Sendo assim, a única solução que conseguiu encontrar foi encarar o chão.

– Não, eu estou bem. Só estou um pouco distraída no momento. Minha avó está no hospital e nem meus pais nem minha irmã estão em casa.

— Entendo. Ter um parente internado não é fácil. Sei por experiência própria. Mas, se tudo der certo, logo ela estará em casa. Se precisar de alguém com quem conversar, minhas portas estão abertas. Você tem o meu número, certo? Pode me ligar a qualquer hora.

Serena agradeceu e saiu da sala.

Mais tarde, Serena estava sentada em seu local de costume no Aqua's, bebericando seu cappuccino, perdida em pensamentos, quando Aísha entrou voando pela porta, vermelha de tanto correr.

— Aquele livro foi dizimado da face da Terra. Até a bibliotecária nunca ouviu falar dele em toda a sua vida, e olha que ela parece ter vivido baste. Eu estou perdida. Vou me dar mal neste trabalho.

Serena deu um leve sorriso. A situação da amiga era um tanto quanto divertida.

— Vou só pegar um café antes de irmos para a minha casa.

Serena assentiu e voltou a bebericar seu cappuccino.

Alguns minutos mais tarde, Aísha estava de volta, carregando um saquinho de papel e um copo de isopor. Ela sentou-se ao lado da amiga.

— Perdida em seus pensamentos de novo?

— Mais ou menos. A professora Mitch perguntou se eu estava bem. Normal, entende? Fiquei com receio de ela ter descoberto sobre mim.

— Mas ela descobriu mesmo?

— Não sei. Ela não disse nada que desse a entender que tivesse descoberto algo. Mas enfim... vamos andando? Preciso mesmo estudar.

As meninas se levantaram e partiram.

A casa de Aísha era gigantesca. Ficava em um dos bairros mais chiques da cidade. Tinha um jardim enorme, com a grama recém-aparada, enfeitado com rosas cultivadas pela mãe de Aísha. A construção tinha pilastras brancas no estilo vitoriano que combinavam com a casa, que também era branca. Havia várias janelas no andar de cima e umas seis no andar de baixo, todas pintadas de preto. Nos fundos, havia uma piscina enorme e uma área onde ficava a churrasqueira. Em seu interior, assim que alguém entrava, via um *hall* enorme e lustroso. No centro, havia uma escada enorme que levava ao andar de cima. No andar de baixo ficava a sala de estar, com uma televisão de tela plana enorme, um *home theater*, um sofá espaçoso e várias estantes de livros. Havia também uma cozinha toda equipada, uma sala de jantar ampla e o escritório do pai de Aísha. No andar de cima havia um corredor, que levava ao quarto de Aísha, de seus pais e um quarto de hóspedes, que era mais conhecido como o quarto dos sapatos, pois Aísha guardava ali seus sapatos quando não havia mais espaço no seu closet. O quarto de Aísha ficava no final do corredor. Ele era todo pintado de rosa e azul-bebê. As portas e janelas eram brancas, e o chão era coberto com um carpete acinzentado bem macio. No centro, havia uma enorme cama de dossel branca com uma colcha verde-oliva e almofadas que combinavam. Abaixo de uma das janelas, havia uma escrivaninha de mogno onde ficava seu *laptop*. Ao lado, via-se uma porta em estilo camarão que dava para o closet. Do outro lado ficava o banheiro, que tinha o piso de mármore, uma banheira enorme e uma penteadeira com milhões de sombras, batons, brilhos labiais, *blushes* e mais uma enorme variedade de maquiagens, todas organizadas por cores.

As meninas chegaram à casa e foram direto para o quarto de Aísha. Então, largaram as mochilas no chão e sentaram na cama.

– Então, o que a Caise aprontou com você?

Serena contou tudo. Cada detalhe. E seus olhos, assim como o semblante de Aísha, foram mudando a cada palavra.

– Aquela oxigenada! Eu não acredito que ela fez isso. Isso se chama inveja. Inveja porque surgiu uma nadadora melhor que ela.

– Eu não sei por que ela faz isso comigo. Eu nunca fiz qualquer mal a ela. Isso me deixa com muita raiva. Às vezes, eu tenho vontade de socar aquela garota – disse Serena, socando o travesseiro.

De repente, Serena ouviu um zunido de algo passando rente ao seu ouvido, e alguma coisa acertou com força a porta do closet.

CAPÍTULO 6

As meninas levaram um susto enorme. Aísha correu para ver o que passara voando.

– É um dos meus brilhos labiais – ela disse, pegando o pequeno tubo cilíndrico de plástico do chão e correndo para o banheiro.

– Eu fiz isso? – perguntou Serena, olhando para as próprias mãos, estupefata.

– Eu não fui, e somos as únicas aqui. Tente fazer de novo.

Serena assentiu. Em seguida, escolheu um objeto que fosse leve e ao mesmo tempo inquebrável. Ela optou por uma das almofadas da cama. Estendendo a mão e fechando os olhos, ela se concentrou. Tentou imaginar uma almofada voando, caindo, se movendo pelo menos um centímetro, qualquer coisa. Mas, quando abriu os olhos, a almofada estava no mesmo lugar.

– Pode não ter sido você. Mas não explica como isso saiu do meu banheiro e foi parar na porta do meu closet.

Serena mal ouviu o que a amiga havia acabado de falar. Ela se perguntava se teria sido ela mesmo. Queria ter certeza. Então, fechando os olhos, estendeu a mão novamente e se concentrou. O quarto inteiro ficou em silêncio. A princípio, nada aconteceu. Então, ela sentiu uma leve vibração no braço que a incomodou. Seu braço chegou a balançar um pouco. Segundos depois, elas ouviram o som de algo fofo caindo. Serena abriu os olhos e viu que a almofada, que antes estava na cama, agora estava no mesmo lugar em que Aísha pegara o brilho labial.

– Uau! Você tem...

– ...poderes!

– Que máximo! Como você fez isso?

– Eu não sei, mas adorei!

– Eu também! O que mais você consegue fazer?

O que mais eu poderia fazer?, pensou. Então, uma ideia veio à sua mente. Ela apontou a mão para Aísha e se concentrou. Segundos depois, a amiga flutuava no ar.

– Ah! Serena, me coloque no chão! Voar não é nada agradável, principalmente quando não se está usando proteção alguma – gritou Aísha. – É sério, Serena. Me coloque no chão agora!

Serena gargalhava descontroladamente. Ela tentou colocar Aísha no chão cuidadosamente, mas perdeu o controle, e a amiga caiu com o traseiro no chão em um baque surdo.

– Isso não teve a menor graça. Você sabe que eu não gosto de altura. Por menor que ela seja – reclamou Aísha, esfregando o traseiro para amenizar a dor.

– Me desculpe, mas foi mais forte que eu. Eu não acredito que eu pude fazer isso. Eu tenho poderes! Poderes de verdade!

– Se, seus olhos estão dourados. Parece que você nunca esteve tão feliz em toda sua vida.

Serena correu para o banheiro e viu seu reflexo no espelho. O dourado que agora tomava conta de seus olhos era a mistura perfeita de ouro e mel. A excitação era tamanha que Serena começou a pular e gritar por todo o banheiro. Uma súbita vontade de pular na cama da amiga tomou conta dela. Ela ia correr de volta para o quarto, porém, antes que pudesse atravessar a porta, esta se fechou com força. Logo em seguida, ouviu-se um clique. Serena ouviu passos abafados pelo carpete do outro lado da porta, e a maçaneta mexeu com o desespero de alguém tentando abri-la.

– Está trancada. Foi você que fez isso? – perguntou Aísha, ainda tentando abrir a porta.

– Acho que sim. Ainda não sei controlar o que faço.

Serena destrancou a porta e voltou para o quarto.

– Isso é muito legal! – Aísha parecia quase tão entusiasmada quanto Serena.

– Sim, mas não podemos contar a ninguém. Tudo isso faria com que meus mais me colocassem no hospício, ou com certeza eu acabaria em um hospital do governo para ser estudada.

– Claro que não. Se descobrissem, você poderia acabar virando cobaia ou algo pior.

– Prometa que você não vai contar nada disso a ninguém, nunca – Serena pediu à amiga, levantando

o dedo mindinho para selar o juramento, assim como faziam quando eram menores.
– Claro. Minha boca é um túmulo. – Aísha pegou o dedinho da amiga com o próprio, selando o juramento.
Depois disso, as meninas ficaram horas testando o que mais Serena podia fazer. Já passava da meia-noite quando Serena foi pra casa. Antes de se despedirem, as meninas combinaram que iriam à biblioteca no dia seguinte, já que agora tinham descoberto algo mais para pesquisar.
Na manhã seguinte, na escola, Serena estava com olheiras quase tão escuras quanto a noite. Passara a madrugada inteira vendo o quão longe seus poderes poderiam ir. Agora a distância não era mais um obstáculo, pois tudo estava ao alcance de sua mão. Ela foi até o armário de Aísha, mas ela não estava lá. Então, percebeu que a escola estava vazia. Apenas ela e o zelador, que estava quase dormindo apoiado no esfregão, ocupavam o corredor. Achando tudo isso estranho, Serena pegou o celular e checou o horário. Eram seis e meia da manhã. Isso explicava a escassez de alunos. Ela caminhou até seu armário, pegou suas coisas e foi para a biblioteca.
A biblioteca estava mais silenciosa que o normal. Às vezes, ouvia-se o barulho da bibliotecária virando uma página ou batendo o carimbo em algum livro. Serena foi até os fundos, onde ficavam os pufes de couro colorido. Escolheu o que ficava mais no canto, sentou-se e pegou um de seus livros da mochila. Ela abriu o livro e começou a ler. Seus olhos começaram a ficar cada vez mais pesados, até que ela caiu no sono.

PLEC...

– Se, acorde.

PLEC, PLEC...

– Serena, acorde.

Serena podia ouvir uma voz ao longe, seguida por um baixo estalido.

PLEC...

– Serena, acorde! Você já perdeu a primeira aula! – berrou Aísha, só conseguindo acordar a amiga depois de chacoalhá-la.

Serena se assustou e levantou bruscamente, chocando sua cabeça na da amiga.

– Ai! Por que você está dormindo na biblioteca no meio do horário de aula? Que eu saiba, eu que costumo dormir aqui nos meus horários livres – perguntou Aísha, esfregando a cabeça para amenizar a dor.

– Eu cheguei muito cedo... – disse bocejando – e decidi vir pra cá... ler um pouco... mas acabei dormindo... – Ela terminou de falar se espreguiçando e estalando quase todos os ossos do corpo.

– Você sabe que perdeu a primeira aula com esse seu cochilinho, né?

– O quê?

– Sim, mas não se preocupe, você não perdeu nada. Estava a mesma chatice de sempre. Então, podemos ir?

Serena assentiu e colocou a mochila nas costas.

– Ah, e use isso. – Aísha ofereceu um lenço de papel a Serena.

– Pra que isso? – Serena perguntou, pegando o lenço da mão da amiga.

— Para limpar a baba que ficou na sua cara.

Durante a segunda e a terceira aula, Serena mal se aguentava em pé. Só conseguiu despertar um pouco na hora do almoço, quando ela e Aísha se sentaram para comer.

— Por que você está parecendo um zumbi hoje?

— Fiquei acordada a noite inteira treinando. Olhe só.

Serena varreu o refeitório com os olhos, até que encontrou Caise e suas cadelinhas fiéis saindo da fila e indo sentar com a equipe de natação. Cada uma trazia em sua bandeja um prato de espaguete, uma caixa de suco e uma gelatina verde com a aparência não muito agradável. Com um pequeno movimento de pulso, Serena fez com que Chloe tropeçasse e caísse em cima de Emma, que caiu e derrubou sua comida no lindo cabelo loiro e sedoso de Caise, que caiu de cara no molho do seu espaguete. O refeitório explodiu em risadas, gritos e assobios enquanto as meninas saíam correndo aos berros.

— Que legal! Vingança anônima.

Serena sorriu e colocou uma uva na boca.

Depois do almoço, as meninas foram pegar suas coisas para a quarta aula. Enquanto Serena passava seu brilho labial de abacaxi e Aísha tentava encontrar pela internet do seu celular o livro para seu trabalho, Caise apareceu com suas cadelinhas fiéis em seu encalço, seu cabelo parecendo uma enorme palha de aço amarela. Ela passou pelas meninas, lançou um olhar de desprezo para Serena e continuou andando.

— Isso porque ela não sabe que você foi a autora daquele tombo.

— E ela nunca vai saber. Se descobrisse, acabaria com a minha vida em muitos sentidos.

— Sim, nem me fale.

Serena fechou a porta do armário e colocou a mochila nas costas. Ambas foram para a aula.

Após a aula, as meninas foram até a biblioteca municipal para fazer mais pesquisas. Serena podia ter descoberto seu padrão de cores, mas ainda não havia descoberto o porquê de isso estar acontecendo com ela, e agora ela queria saber a razão de ter ganhado poderes. Novamente, as meninas vasculharam aquela biblioteca de cabo a rabo, verificando cada livro de cada estante, mas nada. Elas estavam quase desistindo quando Serena notou uma porta nos fundos do local, um pouco além da mesa da bibliotecária, que ela não se lembrava de ter visto no dia anterior. Nela, havia uma placa que dizia: NÃO ENTRE. SOMENTE PESSOAL AUTORIZADO. *Bem típico*, pensou. Curiosa, Serena foi até a porta e tentou abri-la, mas ela estava trancada. Ela se lembrou do dia anterior, de como conseguira trancar a porta do banheiro de Aísha. *Será que eu conseguiria de novo? Bem, não custa tentar.* Ela estendeu a mão, se concentrou e começou a sentir aquela leve vibração em seu braço quando...

— Está perdida, querida? — perguntou a bibliotecária. Ela era uma senhora baixinha, de quase oitenta anos. Usava óculos fundo de garrafa e prendia os cabelos grisalhos em um coque elegante. Em sua mesa, uma plaquinha dizia que ela era a Sra. Lima.

– Não, eu... só queria saber o que tem nessa sala – Serena perguntou, indicando a porta. – Nunca havia visto essa porta antes.

– Nada de interessante. Apenas livros quase tão velhos quanto eu.

– Entendi. Bem, obrigada – disse Serena, se afastando e indo em direção a Aísha.

Serena sabia que a bibliotecária estava mentindo. Se fossem apenas livros, ela não a proibiria de entrar. Ela estava escondendo algo, e Serena descobriria o quê.

CAPÍTULO 7

Serena estava parada do lado de fora da sala de Biologia. No dia anterior, depois de ter falado com a bibliotecária, ela foi falar com Aísha, que lhe deu a sugestão de perguntar à professora Ella se tinha conhecimento de algum caso semelhante ao dela, mas sem levantar suspeitas. Hesitante, Serena aceitou a ideia. Como ela não tinha aula com a professora Ella naquele dia, aproveitaria seu horário livre. Enquanto esperava, Serena decidiu ir até seu armário e pegar os óculos escuros de Aísha, porque a ansiedade deixara seus olhos cobre.

O sinal tocou e o corredor começou a lotar. Serena esperou até que o último aluno saísse da sala e entrou. A professora estava sentada à mesa, corrigindo algumas provas. Seus longos cabelos loiros estavam presos em um alto rabo de cavalo. Ela usava um avental branco de professor, uma camiseta de renda rosa, calça jeans e uma bota de cano alto com salto.

– Professora, posso falar com a senhora um minuto?
– Claro, querida. Sente-se aqui – apontou a professora, lhe oferecendo uma cadeira. – O que aconteceu?
– A senhora sabe de alguma doença, ou algo do tipo, que possa... – Serena hesitou – fazer com que os olhos mudem de cor? Sabe, para roxo, laranja, rosa, essas cores?
– Bem, querida, a cor de nossos olhos é definida pela quantidade de melanina neles. Por exemplo, quando temos uma quantidade considerável da substância, os olhos ficam castanhos. Já ao contrário, ou seja, no caso de pouca melanina, os olhos ficam azuis ou verdes. Isso também depende da genética. Mas, dessas cores que você disse, nunca ouvi falar.
– Entendo. Bem, obrigada e me desculpe por ter atrapalhado.

Antes que a professora pudesse abrir a boca para fazer qualquer pergunta, Serena saiu da sala.

– Então, como foi? – perguntou Aísha mais tarde, enquanto estava na fila do refeitório com Serena.
– Falar com uma porta seria mais útil – disse Serena, colocando um prato de salada e um pedaço de torta de caramelo na bandeja.
– E ela desconfiou de alguma coisa?
– Não sei. Fui embora antes que ela pudesse perguntar qualquer coisa.

As meninas pagaram pela comida e foram se sentar. Serena temperou a salada e deu uma bela garfada, mas a sensação que sentiu foi a pior de sua vida. A comida parecia serragem em sua boca. Era áspera, sem gosto e tão difícil de engolir que ela teve que pegar água para ajudar aquilo a descer. Ela devia estar fazendo uma careta horrível, porque Aísha estava olhando para ela com cara de assustada.

– O que foi? Engasgou? – perguntou Aísha.

– A comida está com um gosto de serragem! Horrível!

– Deve ser a alface. Nunca se deve confiar na comida da escola. Tente comer a torta.

Serena assentiu e pegou o prato, mas, na primeira garfada, o mesmo aconteceu. Seu doce preferido não lhe dava mais água na boca, e sim, nojo. Ela abaixou a cabeça e começou a chorar. Sua vontade era de fugir. Correr para longe e nunca mais voltar. Agora ela não conseguia comer mais nada. Tudo estava asqueroso. Sua vida estava se tornando cada vez pior.

– Não consegue comer nem a torta?

Serena negou com a cabeça ainda na mesa. Seus olhos agora estavam cinza, devido à tristeza, e o seu rosto molhado, por causa das lágrimas.

– Minha vida virou essa loucura sem pé nem cabeça. Tudo está uma droga. Como eu queria poder voltar no tempo. – E, cedendo à vontade de correr, ela o fez.

Serena correu para o banheiro, que por sorte estava vazio, se trancou em uma cabine e começou a chorar descontroladamente. Faltava apenas uma gota para que o copo transbordasse, e fora aquela. Ela ficou ali, sentada na tampa do vaso, abraçada às pernas e com a cabeça apoiada nos joelhos. Minutos mais tarde, Aísha encontrou a amiga e tentou acalmá-la.

– Serena – chamou Aísha, batendo na porta da cabine. – Você está bem?

Ela não respondeu. Continuou sentada, chorando baixinho.

– Pense bem, isso às vezes acontece com as pessoas. Certas coisas não lhe parecem apetitosas porque estão ficando doentes ou algo parecido. Isso já aconteceu comigo, e...

– Não é que a comida não parecia estar apetitosa. Ela parecia asquerosa, como se estivesse estragada.

– Mas isso pode ser temporário.

– Claro, assim como o que acontece com meus olhos é temporário. Minha vida é uma droga.

Aísha não disse nada. Apenas continuou apoiada na porta. Serena saiu alguns minutos depois, ainda soluçando e com os olhos inchados em um tom acinzentado.

– Vou pra casa – disse Serena, jogando água no rosto.

– Vou com você.

– Não, eu quero ir sozinha.

– Mas eu quero te ajudar.

– Essa é a questão. Você não consegue me ajudar. Durante esta semana inteira você só conseguiu me atrapalhar. Levou tudo como se fosse uma piada.

– Como você pode dizer isso? Foi minha ideia ver os livros da sua mãe. Eu passei horas com você lendo cada livro daquela biblioteca ridícula. Passei o tempo em que eu poderia estar me divertindo tentando te ajudar. Agora eu tenho que passar quase um tubo de hidratante por dia, porque o pó daqueles livros velhos ressecou toda a minha mão. Perdi minha semana tentando ajudá-la e você diz que este tempo todo eu não levei nada a sério?

– Você está brincando, né? – questionou Serena, com um sorriso irônico no rosto e quase batendo na amiga. – Minha vida virou um inferno no sábado de manhã, mas, em vez de me ajudar, você quis comer. E você disse que ia me ajudar a estudar, mas até agora nada.

– Você não se enxerga, não é mesmo? – perguntou Aísha, rindo. – Você tem poderes incríveis que qualquer um gostaria de ter! Seus olhos mudam de cor, como um anel de humor gigante. Você é incrível, mas só sabe reclamar e enxergar o lado ruim de tudo.

Serena fez menção de sair do banheiro, mas Aísha segurou seu braço.

– E você não pode me culpar por não ter te ajudado a estudar. Eu estava disposta, mas você nunca veio me procurar.

– Aísha, me solte – disse Serena, começando a sentir a vibração no braço.

– Não, eu ainda não terminei.

– Eu disse pra me soltar! – Serena gritou e, sem querer, jogou Aísha contra a parede. No momento do impacto, o ar escapou de seus pulmões e ela caiu no chão. Em pânico, Serena saiu correndo.

CAPÍTULO 8

Serena correu mais rápido do que achou que podia, ignorando tudo à sua volta. Assim que chegou em casa, foi direto para seu quarto, se jogou na cama e voltou a chorar descontroladamente. Ela machucara a amiga. Usara seus poderes contra ela. Poderia tê-la matado. Elas nunca tiveram uma briga tão séria na vida. Brigavam, no máximo, ao discutir qual blusinha ficava melhor em Aísha. Serena chorou por horas.

Quando Serena conseguiu parar de chorar, já era mais de meia-noite. Ela pegou o celular de sua mochila e apertou a discagem rápida de Aísha. A ligação caiu direto na caixa postal. Ela deixou uma mensagem e colocou o celular na mesinha de cabeceira. Então, ela se deitou novamente na cama e encarou o teto. Ficou lá por algum tempo, até que seu estômago começou a roncar.

Serena foi até a cozinha e abriu a geladeira, mas tudo lembrava-lhe aquela horrível sensação de estar engolindo serragem, sem gosto e áspera. No entanto, a fome falava mais alto, já que não havia comido nada o dia inteiro. Ela fuçou um pouco mais até encontrar, nos fundos da geladeira, uma coisa que não lhe parecia asquerosa. Uma latinha de atum. Serena a pegou e checou a data de validade. Ainda estava bom. Ela colocou a latinha em cima da mesa, foi até o armário, pegou duas fatias de pão e fez um lanche.

Na primeira mordida, novamente um gosto horrível encheu a boca de Serena. Ela quase cuspiu tudo em um guardanapo, mas então sua boca foi preenchida por algo que pareceu ser um manjar dos Deuses. Ela pegou um pedaço separado do pão, pois achava que ele fora seu salvador, mas, no momento em que o colocou na boca, ela o cuspiu. *Sério? Atum? Mas eu nem gosto de atum*, pensou. Mas ela estava com fome, e o gosto do atum disfarçava o do pão. Então, pegou uma lata de refrigerante, colocou o sanduíche em um prato e foi para seu quarto. Lá, ela sentou na cama e pegou novamente o celular. Nenhuma ligação ou mensagem. Tentou de novo ligar para Aísha, mas ela não atendeu. Serena nem poderia culpá-la depois de quase matá-la hoje, e já era muito tarde.

Depois que terminou de comer, Serena foi tomar um banho. Precisava esfriar a cabeça. Ela ficou uns dez minutos debaixo da ducha fria, pensando em tudo o que acontecera na semana, e percebeu que Aísha tinha razão. Tudo isso era uma coisa incrível, mas ela só conseguia ver o lado ruim de tudo. Nesse momento, ela percebeu que deveria aceitar que o que estava acontecendo com ela era uma coisa boa.

No dia seguinte, Serena foi procurar Aísha na escola, para poder se desculpar. Ela acabou encontrando sua amiga na sala, mas sentada do outro lado. Serena caminhou em sua direção, mas, antes que pudesse dizer alguma coisa, Aísha começou:

– Não dê mais um passo em minha direção. Se eu for vista com você, meu *status* social vai desmoronar. – O tom de Aísha era frio.

– Mas o que você está dizendo? Você nunca se importou com isso antes. Somos amigas.

– Éramos amigas até ontem, quando você quase quebrou minha coluna.

– Me desculpe. Não foi minha intenção. – Os olhos de Serena estavam cheios de lágrimas e haviam mudado para cinza novamente.

– Eu não quero saber. Agora saia daqui antes que minhas amigas cheguem.

– Que amigas?

– O que *ela* está fazendo aqui? – perguntou uma garota atrás de Serena, pronunciando a palavra "ela" como se fosse pegar uma doença.

Serena se virou e seu mundo desmoronou. Sua melhor amiga havia se juntado ao grupo das fiéis cadelinhas de Caise.

– *Ela* já estava de saída.

A voz sumiu da garganta de Serena. Ela foi se afastando enquanto via sua amiga rir e se divertir com a pessoa que ambas mais odiavam. Serena sentou-se do outro lado da sala e deitou a cabeça na mesa. Quando ela finalmente aceitou um inferno na sua vida, outro apareceu para aborrecê-la. Ela precisava de alguém com quem conversar, e sabia exatamente a quem recorrer.

Na hora do almoço, Serena foi até a sala da professora Mitch.

– Com licença, professora.

– Serena, que surpresa! Por que não está almoçando com Aísha?

– Na verdade, é sobre isso que eu gostaria de conversar com a senhora.

– Claro, querida. O que houve? – perguntou a professora, oferecendo uma carteira na frente de sua mesa a Serena, que aceitou e se sentou.

– Bem, a Aísha e eu tivemos uma briga feia ontem, devido a algumas coisas que estão acontecendo comigo. Coisas... pessoais. E eu a machuquei.

– Machucou como? – perguntou a professora.

– Digamos que eu a empurrei. E hoje ela nem olha na minha cara. A senhora acha que ela vai me perdoar algum dia?

– Muitas amigas brigam. Isso é saudável em uma amizade. Claro que existem brigas que podem durar apenas algumas horas, como também existem aquelas que nunca são resolvidas, mas eu acho que, se duas pessoas são amigas mesmo, elas vão acabar se entendendo mais cedo ou mais tarde.

Serena assentiu, olhando para o chão.

– Tem mais alguma coisa sobre a qual gostaria de conversar? Talvez eu possa ajudá-la com seu problema pessoal.

Serena hesitou antes de responder. Será que deveria contar à professora o que estava acontecendo? Ela sempre confiou nela, mas será que confiava nela a esse ponto?

– Não se preocupe, estou começando a dar um jeito. Obrigada. – Ainda não confiava o suficiente.

Depois do treino, Serena foi até o Aqua's. Como estava sozinha, teve que ir buscar sua própria bebida antes de sentar. A fila estava enorme. Ela ficou uns vinte minutos esperando antes que conseguisse pedir alguma coisa. Quando conseguiu pegar seu copo, caminhou em direção ao seu lugar de sempre. No entanto, quando olhou para o sofá, Aísha, Caise e suas cadelinhas fiéis estavam sentadas nele. Seu coração foi parar no estômago. Aquele lugar era sagrado para elas. Era o lugar onde se encontraram no dia em que se conheceram. Onde Aísha lhe disse que dera o primeiro beijo, com treze anos. O lugar para onde foram quando tudo isso começou a acontecer. Elas prometeram nunca levar ninguém para lá. Mas, com a briga, a promessa fora esquecida.

Serena deu meia-volta e escolheu uma mesinha perto da porta que ninguém ocupava. Ela ficou lá por horas bebericando seu cappuccino e olhando as meninas, que riam, cochichavam e voltavam a rir. Hora ou outra ela sentia a pressão que tornava seus olhos cinza.

Já estava bem escuro quando Serena deixou o café. As meninas ainda estavam lá, e não parecia que iriam embora tão cedo. Ela voltou para sua casa lentamente, se lembrando do que a professora disse: *Claro que existem brigas que podem durar apenas algumas horas, como também existem aquelas que nunca são resolvidas. E se esse for o caso? E se nunca mais voltarmos a ser amigas?* O pensamento não deixava a cabeça de Serena.

Quando se aproximou de casa, Serena entrou em pânico. Todas as luzes estavam acesas, e ela se lembrava muito bem de ter desligado tudo ao sair. Ela pegou o telefone, discou o número da polícia e correu para a casa. Ela nem precisou pegar as chaves. Simplesmente movimentou o punho de um jeito que fez a porta se abrir e, quando entrou, deu um encontrão na irmã, que acabou caindo e quebrando o prato e o copo que carregava.

– Sierra! O que você está fazendo aqui? – perguntou Serena, irritada. – Você não estava na casa da Anna? – Anna era a melhor amiga de Sierra.

– Acalme-se, estressadinha. Eu estava, mas, como a mamãe disse, eu passaria os finais de semana com você – disse Sierra, se levantando.

Serena pensou um pouco e então se lembrou. A mãe lhe enviara uma mensagem no sábado informando tudo isso. Mas, com toda a loucura da semana, ela acabou esquecendo.

– Me desculpe – ela disse, abraçando a irmã. – Eu estou tão atrapalhada esta semana que acabei esquecendo. Então, como está a mamãe? Teve notícias dela ou do papai?

– Estão bem. Eles me ligam quase todos os dias – disse Sierra.

É claro que eles ligaram pra você. Você é a filhinha preferida, pensou Serena. – Que ótimo. E... a vovó?

– Bem, quando eu voltei com o papai, ela estava na mesma. É muito arrepiante vê-la naquele estado, com todos aqueles tubos e máquinas.

– Eu posso imaginar.

– Ah, quase que eu me esqueço. – Sierra correu para o andar de cima e voltou segundos depois, com um pequeno pacote todo enfeitado. – Parabéns atrasado. Isso é pra você – ela disse, entregando o pacotinho à irmã mais velha. – Comprei alguns dias depois que voltei. Espero que goste.

Serena olhou para o pacotinho curiosa. Ela soltou o laço e levantou a tampa. Dentro, havia uma pequena estatueta de uma sereia sentada em uma rocha penteando seus longos cabelos loiros. Era simples, mas mostrava que a irmã se importava com ela.

– É... linda! De verdade – Serena disse, com um brilho de felicidade nos olhos. – Obrigada, maninha. Você não sabe o quanto isso significa pra mim – ela disse, abraçando a irmã.

Sierra retribuiu o abraço. Os olhos das duas irmãs ficaram marejados. Lágrimas de felicidade. Quando o abraço terminou, as meninas olharam nos olhos uma da outra. Nesse momento, o rosto de Sierra empalideceu.

– Serena! Seus... seus olhos! O que aconteceu com eles? – perguntou Sierra, se afastando da irmã.

Confusa, Serena correu para o espelho que havia perto da porta de entrada. Seus olhos estavam rosa. Mas... como? Ela não sentira nada. O que será que a irmã vira?

– Sierra, eu...

– Não. Primeiro me explique por que seus olhos estavam dourados e agora estão rosa. E por que antes, quando você chegou em casa, eles estavam vermelhos. E me diga a verdade.

Serena ficou um tempo em silêncio. Estava tentando pensar em uma desculpa, mas era inútil. Sua irmã era uma máquina de detecção de mentiras, isso porque ela tinha anos de prática.

Sierra a encarou, até que Serena finalmente cedeu e contou tudo. Contou que seus olhos mudavam de cor e que podia sentir essa mudança. Contou também que tinha poderes e que agora não conseguia comer comida normal. A cada palavra da irmã, o queixo de Sierra caía mais alguns centímetros. Quando Serena parou de falar, Sierra ficou em silêncio por alguns segundos.

– Então, da noite pro dia, coisas estranhas começaram a acontecer com seus olhos. Você ganhou poderes e agora só consegue comer coisas como atum? – ela perguntou, tentando entender tudo o que acabara de ouvir.

– Sim.

– Isso é... demais! Que poder você tem? Você voa? Corre rápido? Lê a mente das pessoas? – Sierra estava tão animada que parecia que ia explodir.

Serena estendeu a mão em direção à irmã e se concentrou. Porém, ela não sentiu a conhecida vibração, o que a fez estranhar mas, segundos depois, a irmã estava no ar.

– Legal! Eu estou voando! É você que está fazendo isso?

Serena assentiu.

– Que legal! Eu posso voar mais alto? Quero deitar no teto.

– Me desculpe, maninha, mas eu acho que não conseguiria te segurar por tanto tempo. – Serena colocou a irmã cuidadosamente no chão, que começou a pular e rir.

– Sim, estou vendo que você gostou de toda essa história, mas você tem que me prometer que não vai contar isso a ninguém. Se alguém descobrir, só Deus sabe o que pode acontecer comigo.

Sierra assentiu e foi pulando para a sala de TV.

Na lavanderia, Serena pegou uma vassoura e uma pá, tirou os cacos de vidro da frente da porta e jogou-os no lixo. Quando voltava para ficar com sua irmã, seu celular tocou. Serena o pegou e olhou o visor. Era sua mãe. Ela esperou alguns segundos, levando a ideia de deixar cair na caixa postal em consideração.

– Oi, mãe – ela disse, usando um tom seco para atender ao telefone.

– Filha, que saudade. Como está? Sua irmã chegou bem?

– Sim – ela disse de forma curta e direta. – Como está a vovó? O médico já descobriu o que ela tem?

– Ela está na mesma. De acordo com o médico, ela teve um aneurisma, e é muito difícil alguém sobreviver quando tem um. Se consegue, fica com sequelas. São muito raros os casos em que a pessoa consegue sobreviver sem sequelas. Ele pediu que esperássemos mais duas semanas. Se ela não melhorar, vamos desligar os aparelhos que a mantêm viva.

Serena não disse nada. Ficou apenas encarando o chão enquanto ouvia a irmã rir a uma pequena distância. Não era muito próxima da avó. Mas, como não conhecera sua avó materna, se sentia triste pela ideia de perder a única que tinha.

— E me desculpe por não ter ligado antes. Estamos correndo tanto aqui por causa da sua avó que não tivemos tempo.

Ambas ficaram em silêncio. Em seguida, Serena pôde ouvir a voz do pai de longe.

— Filha, tenho que ir. Assim que conseguir, ligo pra você novamente.

Marissa desligou. Serena ficou algum tempo parada no meio do *hall*. Não sabia o porquê, mas alimentava uma pequena esperança de que sua mãe se lembraria de lhe dar parabéns, mesmo que atrasado, assim como sua irmã. Mas ela nunca se lembrava. Serena pegou a estatueta que a irmã lhe dera e foi para seu quarto.

CAPÍTULO 9

Serena passou o final de semana inteiro no quarto, descendo somente para fazer comida para Sierra. Ela não tinha vontade de fazer nada. A briga com a amiga a havia afetado tanto que ela nem viu a irmã ir embora no domingo.

Segunda, na escola, Serena chegou e foi direto para o seu armário. Ela socou sua mochila e um saquinho de papel que continha seu almoço nele antes de pegar suas coisas. Enquanto se preparava para a aula, Caise e suas cadelinhas fiéis, que, infelizmente, agora incluíam Aísha, cruzaram o corredor. Ao vê-las, o queixo de Serena caiu. Aísha estava vestindo exatamente a mesma roupa que Caise. Serena ficou imaginando o quanto ela estava sofrendo com isso. Aísha nunca gostou de usar a mesma roupa que outra pessoa. Na maioria das vezes, ela fazia suas próprias roupas ou comprava roupas de uma marca cara. Ela passava as roupas usadas para Serena ou as tacava em uma caixa que, mais tarde, ia para doações. Serena não tinha certeza, mas achou ter visto Aísha tentar esconder o rosto com os livros que carregava. Ela fechou o armário e estava a caminho da aula quando seu caminho foi bloqueado pelo diretor.

– Serena, posso falar com você um instante? – ele perguntou.

O diretor era um homem baixinho. Era moreno, tinha cabelos castanhos rigorosamente alinhados e sempre andava de terno ou roupas sociais. Ele era severo com os pestes e gentil com quem merecia.

Serena assentiu e seguiu o diretor até sua sala. O aposento era pequeno. Tinha uma escrivaninha, um armário e uma estante quase vazia. Ela entrou e se sentou na cadeira à frente do diretor. Este fechou a porta e se sentou logo em seguida.

– Chegou ao meu conhecimento que suas notas na aula do professor Nazuko estão um tanto quanto precárias. E, para uma aluna do seu nível, isso não é normal.

– Minha vida está um caos ultimamente com minha avó no hospital, meus pais fora cuidando dela e os treinos de natação. Além disso, matemática não é meu forte.

– Bem, eu quero ajudá-la. Por isso, darei a você outra chance para que faça a prova, e pedi que uma de nossas melhores alunas lhe ajudasse a estudar. Ela vai passar na sua casa hoje para que vocês comecem, já que a prova será marcada para segunda que vem.

Serena assentiu e, quando o diretor deu permissão, saiu.

Na sala, Serena ficou pensando no que Aísha lhe prometeu outrora. Disse que sua boca era um túmulo e que seu segredo estava seguro com ela. Mas será que isso seria verdade agora que estava com raiva dela? Caise agora saberia de seus poderes? Serena sentiu seu coração acelerar e seu estômago embrulhar só de pensar no que Caise poderia fazer se soubesse de seu segredo.

Na hora do almoço, Serena foi novamente até a sala da professora Mitch. A professora sempre foi uma boa companhia, pois a entendia e sempre tinha um bom conselho para lhe dar.

Horas mais tarde, a caminho de casa, Serena verificou sua mochila pela terceira vez para ver se tinha pego tudo para sua aula. A instrutora chegaria em menos de duas horas, e Serena tinha que deixar a casa pelo menos um pouco apresentável. Ela organizou tudo para que pudessem estudar na cozinha. Preparou alguns petiscos para a convidada e ia preparar alguma coisa que ela conseguisse comer, mas antes tinha que ir até o porão pegar uma nova lata de atum. Ela desceu as escadas até a salinha escura e meio empoeirada. No momento em que tocou no interruptor para acender a luz, a lâmpada estourou, espalhando cacos de vidro por todos os lados. Serena tomou um susto com a explosão e sentiu a pressão passar por seus olhos, que se tornaram roxos. Atordoada, ela ligou a lanterna do celular e foi ver o que causara a explosão da lâmpada. O quadro de força parecia normal. Serena desligou o disjuntor do porão e foi buscar outra lâmpada para substituir a que quebrara. Ela foi até os fundos do pequeno quarto e procurou pelas pequenas caixinhas em que guardava as lâmpadas. Então, encontrou cinco delas. Sorte que seu pai sempre deixava a casa bem abastecida, caso houvesse alguma emergência. Ela pegou a caixinha de papelão e a abriu. No momento em que seus dedos tocaram a pequena esfera de vidro, ela estourou. Serena se assustou. Tentou pegar outra, mas esta também estourou, assim como as outras três seguintes. A última fez com que um caco de vidro rasgasse seu dedo. Serena xingou baixinho e correu para o banheiro. Tentou limpar o ferimento com água, mas não obteve sucesso. Estão, secou o dedo e pegou um papel higiênico para tentar estancar o sangramento, mas este logo ficou encharcado de sangue. Ela jogou o papel usado no lixo e cortou mais um pedaço. O resto do papel, que não estava ajudando a conter o sangramento em seu dedo, estava grudando em sua mão. Ela tentou soltá-lo, mas parecia que ele fora grudado com cola em sua pele. Ela tentava puxá-lo, mas isso só fez com que a situação piorasse. Apenas o rolinho de papelão havia sobrado no suporte, e o resto estava todo grudado em seu corpo. Ela teve que se chacoalhar muito para se livrar de todo o papel. Enfim, Serena conseguiu se soltar e foi buscar um curativo no banheiro de baixo. E, novamente, no momento em que tocou o interruptor, a lâmpada explodiu.

– Mas o que... o que está acontecendo comigo?

Ela pegou a caixinha de curativos e correu de volta para a cozinha. Tapou o ferimento com um curativo e jogou o papel ensanguentado no lixo. Voltou para o banheiro, que agora estava um breu, jogou água no rosto e encarou seu reflexo. Seus cabelos estavam em pé, como se ela estivesse segurando uma daquelas bolas que emitem estática. Ela passou a mão por eles, mas estes grudaram em suas mãos como se tivessem grudado em uma bexiga que fora esfregada em sua cabeça. *Tudo bem. Eu preciso me acalmar*, ela pensou. Serena respirou fundo e ficou um tempo em silêncio. Dessa forma, ela conseguiu ouvir um leve zumbido vindo de algum lugar. Ela apurou os ouvidos para ver se encontrava a fonte do barulho, mas se surpreendeu ao descobrir que ele vinha de sua mão. Serena levou-a mais perto do ouvido, e o zumbido aumentou.

– O que está acontecendo comigo?

No momento em que Serena terminou a frase, a campainha tocou. Ela tentou deixar de lado tudo o que estava acontecendo e foi atender a porta.

– Caise, o que você está fazendo aqui? – perguntou Serena assim que abriu a porta.

– O que mais eu estaria fazendo aqui? O diretor me mandou. Sou sua nova instrutora.

CAPÍTULO 10

O queixo de Serena caiu. Ela sentiu a pressão em seus olhos, que mostrava a mudança de cor. Ela tentou olhar o mínimo possível para Caise, para que ela não percebesse.

— Você é minha instrutora? Mas eu nunca te vi nas minhas aulas.

— Claro que nunca me viu. Eu faço matemática avançada. Então, posso entrar?

— Agora não é uma boa hora. Será que você não pode voltar amanhã ou qualquer outro dia?

— Querida, só perguntei se eu podia entrar por questão de educação. Eu vou começar a te dar aula hoje, quer você queira ou não, porque foram ordens do diretor. E, pelas suas notas, se começássemos outro dia, você nem teria chance.

— O diretor mostrou minhas notas pra você?

— É claro. Acredite, você precisa mesmo de muita ajuda. Agora, com licença.

Caise entrou na casa quase atropelando Serena, que estava espumando de raiva e sentiu seus olhos ficando vermelhos. O diretor não tinha o direito de mostrar suas notas a Caise, mesmo que ele achasse que estava fazendo algo bom para ela. Serena fechou a porta e levou Caise até a cozinha. Caise se acomodou em uma das cadeiras enquanto Serena pegava uma das bandejas com os petiscos que havia feito e duas latas de refrigerante. Em seguida, ela se acomodou na cadeira da ponta.

Enquanto Caise tentava ensinar alguma coisa a Serena, o zumbido em sua mão aumentou. Serena ficou com medo de que Caise percebesse, o que não demorou muito.

– Mas que barulho irritante é esse? Seus pais já ouviram falar em eletricista? Deveriam contratar um para dar um jeito nesse zumbido.

A pressão em seus olhos se tornou ainda mais forte, e Serena imaginou que eles já estivessem da cor de sangue. Caise não tinha qualquer direito de falar que seus pais não cuidavam da casa. Ela encolheu os braços a fim de diminuir o barulho, mas a estática fez com que sua mão grudasse no livro. Ela começou a se desesperar. Tentar tirar sua mão do livro sem destruí-lo e sem que Caise notasse era uma tarefa um tanto quanto impossível. Ela tentou tirar a mão do papel aos poucos. Enquanto fazia isso discretamente, Caise começou a dizer que os pais de Serena deviam fazer uma manutenção na casa, sem falar que uma bela reforma cairia bem, e...

– Quer saber? – começou Serena, arrancando a mão com toda a força que tinha da página do livro, pegando todo o material e entregando-o a Caise. – Hoje realmente não é um bom dia para me preocupar com o valor de x. Volte amanhã que eu com certeza estarei no pique, mas hoje eu não estava psicologicamente preparada para receber justamente *a sua pessoa* em minha casa.

Serena tirou Caise à força da cadeira e a empurrou porta afora.

– Mesmo assim, obrigada por tentar me ajudar e por *se preocupar comigo* – Serena disse, fazendo sinal de aspas com as mãos –, apesar de saber que você só veio por ordens do diretor.

– Você é mesmo uma ingrata. Não me admira que sua amiga tenha te deixado – disse Caise, dando as costas para Serena e saindo. Assim que Caise saiu, Serena voltou para a cozinha. Foi só então que ela reparou que a página do livro estava grudada em sua mão, com a lateral rasgada onde fora arrancada do livro.

– Tudo bem, preciso arrumar a bagunça do porão, do banheiro e guardar meus livros, o que vai ser um desafio já que as coisas não estão querendo cooperar – Serena disse a si mesma. – Bom, já que os livros insistem em grudar em mim, vou começar pelo porão, que só requer varrer os cacos das lâmpadas.

Ela foi até o armário da lavanderia, pegou uma vassoura e uma pá, e então desceu até o porão, usando a lanterna do seu celular para se guiar no escuro. Ela desceu as escadas cuidadosamente. Quando chegou ao último degrau, pisou de mau jeito e caiu, derrubando tudo o que estava em suas mãos. Serena xingou baixinho e se levantou, esfregando o traseiro para amenizar a dor. Ela pegou seu celular, que havia caído bem perto do seu pé, mas ele estava sem bateria. *Mas como pode? Eu acabei de carregá-lo.* Antes que pudesse pensar em alguma resposta plausível, sua mão começou a brilhar e uma pequena esfera reluzente saiu de sua palma. Serena se assustou e deixou a pequena esfera cair em seu celular, que a absorveu e voltou a funcionar.

— Meu Deus!

Serena ouviu um grito e olhou para o topo das escadas. Caise estava parada ali, com os olhos arregalados e apertando tanto o celular que parecia que ele ia quebrar. Serena congelou.

— Como foi... como foi que você...

— Caise, isso não é o que... — Serena começou, subindo as escadas e indo em direção à Caise.

— Não se aproxime de mim, sua aberração! — disse a garota, que saiu correndo em direção à porta.

Serena não podia deixar que ela fosse embora. Ela com certeza contaria a todos o que vira, e Serena nem conseguiria explicar o que acontecera, porque nem ela mesma sabia. Ela correu atrás da garota, que já estava chegando à porta. Serena a trancou antes que Caise conseguisse sair. Caise tentou abrir a porta, mas não conseguiu. Ela se virou para Serena com uma expressão de assombro no rosto.

— Como você trancou a porta? Eu sei que não estava trancada.

— Caise, me escute: o que você viu lá embaixo... — Serena tentou se aproximar dela de novo, mas a garota se encolheu contra a parede e pediu novamente que ela se afastasse. – Tudo bem, eu não vou chegar mais perto. Mas você vai ter que me responder o que veio fazer aqui e o que exatamente você viu lá embaixo.

– Eu não devo nenhuma explicação a você, mas você sim tem que me explicar como fez aquilo.

– Caise, eu...

– Quer saber? Eu não ligo – ela falou, enquanto pegava o celular e começava a discar algum número. – Mas eu tenho certeza de que a polícia vai achar tudo isso muito interessante.

Serena entrou em pânico ao ouvir as palavras de Caise. Sem saber o que fazer para proteger seu segredo, Serena ergueu Caise no ar e a jogou com tudo no chão, o que a fez desmaiar. Serena correu até ela, pegou o celular de sua mão e finalizou a chamada. O que faria agora? Tinha uma garota inconsciente na sua casa que sabia mais do que devia e não tinha ideia se o nocaute apagara a informação de sua memória.

Primeiro de tudo, Serena tinha que tirá-la do chão. A garota já estava inconsciente, mas ficar em um chão duro e frio não era nada agradável. Serena pegou Caise pelos braços, puxou-a até a sala e a colocou no sofá. Serena precisava de ajuda, mas não sabia a quem recorrer. Não pediria ajuda a sua irmã mais nova porque certamente ela não poderia sair da casa da amiga a essa hora para ajudá-la a dar sumiço ao corpo de uma garota inconsciente. Os pais, nem pensar, mesmo porque eles estavam preocupados com outras coisas agora. Só havia uma única pessoa a quem ela poderia pedir ajuda, mas tinha o receio de que ela recusasse seu pedido de socorro. Não custava tentar.

Serena foi até o porão, pegou o celular e apertou a discagem rápida. Aísha atendeu o telefone ao primeiro toque.

– O que você quer? – Aísha perguntou, a voz fria como gelo.

– Preciso da sua ajuda. É urgente.

– Por que eu te ajudaria?

– Porque sua amiga pode ter sofrido uma concussão por minha causa, então é melhor que você venha depressa.

Serena mal tinha desligado o celular e Aísha já estava batendo à porta. Serena abriu a porta. Aísha entrou e foi direto para a sala. Quando viu a amiga inconsciente no sofá, olhou para Serena com a mesma raiva com a qual Caise olhava para ela às vezes. Pelo jeito, aprendeu isso com ela.

– O que você fez com ela?

– Eu acho que a nocauteei, tecnicamente.

– Por quê?

– Ela me viu fazendo uma coisa, meio que usando meus poderes, e saiu correndo, me chamando de aberração. Eu tentei explicar a situação a ela, mas ela não quis me ouvir. Quando ela discou o número da polícia, eu me apavorei e a joguei no chão com toda a minha força. – Serena dizia as palavras chorando.

– E precisava deixá-la inconsciente? – perguntou Aísha, sentando-se na beirada do sofá, perto da amiga, e acariciando seu cabelo com uma mescla de carinho e nojo, como se tentasse causar ciúme, mas se arrependesse logo em seguida.

— Eu não sabia mais o que fazer. E eu não sei o que fazer agora também. Não posso deixá-la aqui até acordar. E se ela se lembrar de algo?

Aísha ficou em silêncio por alguns minutos. Estava tentando encontrar uma solução para a situação.

— Bom, não podemos levá-la para casa, pois os pais notariam duas garotas carregando sua filha apagada até o quarto.

— Poderíamos dizer que ela ficou muito bêbada, ou... — Aísha olhou para a ex-melhor amiga com um olhar que dizia que aquela era a pior ideia do mundo. — Tudo bem, mas não podemos deixá-la aqui.

— Espere um pouco, preciso de silêncio para pensar. Acho que podemos levá-la para minha casa. Quando ela acordar, posso dizer que ela foi dormir lá na noite passada. Ela tem feito muito isso ultimamente.

— Tudo bem, mas como vamos levá-la?

— Você conseguiu me levantar quando seus poderes começaram a se manifestar.

— Sim, mas eu não vou fazer isso de novo, ainda mais na rua, onde todo mundo pode me ver.

— Então podemos levá-la no carro da sua mãe.

— Mas eu não tenho carteira. E a sua, até onde sei, foi suspensa depois que você foi pega pelos policiais dirigindo bêbada.

— Mas isso não quer dizer que eu não tenha dirigido mesmo assim. Além do mais, ela não vai perceber que usamos o carro. E *você* causou essa confusão, então *você* vai ter que se arriscar para resolvê-la.

Serena, mesmo não querendo muito, aceitou e pegou as chaves na cozinha. As meninas carregaram Caise até o banco de trás. Em seguida, Aísha sentou no banco do motorista e Serena no do passageiro. Aísha deu a partida no motor e saiu da garagem. Durante o curto percurso, nenhuma delas falou uma palavra. A única coisa que produzia algum som eram as rodas no asfalto.

Quando chegaram, Aísha checou se os pais estavam em casa, mas eles ainda não haviam voltado do trabalho. Então, ambas carregaram Caise até o quarto de Aísha e a colocaram na cama.

– Obrigada... por me ajudar... – disse Serena, na esperança de fazer as pazes com a amiga.

– Não fique achando que eu fiz isso por você. Fiz isso pela Caise. E ela está certa, você é mesmo uma aberração – Aísha disse e voltou-se para a amiga deitada na cama, inconsciente.

Ao ouvir as palavras de Aísha, o coração de Serena se partiu em milhões de pedaços. Ela saiu do quarto e foi para casa considerando aquele o pior dia de sua vida.

CAPÍTULO 11

Nos últimos três dias, Aísha ainda não havia falado com Serena e nem sequer olhado para a cara dela. Com exceção, é claro, da manhã de terça, quando ela devolveu o carro da mãe de Serena. Caise não parecia se lembrar de nada do que acontecera, tampouco parecia ter sido afetada pelo nocaute. Dava aula todos os dias para Serena e sempre a enchia de lição. Parecia que ela fazia isso de propósito, para que Serena não pudesse mais ter uma vida, mesmo que a dela já não fosse a mais normal de todas. Na sexta, depois da aula de Mitologia, Serena foi até seu armário pegar suas coisas. Para sua surpresa, Aísha esperava por ela ao lado dele. Parecia ser ela mesma, e não uma das fiéis cadelinhas de Caise.

– Oi – disse Serena, abrindo o armário e colocando suas coisas lá dentro.

– Oi – respondeu Aísha, bem baixinho. – Escute, eu... queria me desculpar pelo modo como agi na última semana, evitando a sua presença e tudo mais.

Ao ouvir as palavras de Aísha, uma centelha de alegria se acendeu em seu coração.

– Não, eu que deveria me desculpar. Ainda não estou em total controle dos meus poderes e estava muito irritada.

– Então... estamos de bem?

– Claro.

As meninas se abraçaram. Foi o melhor abraço que Serena já recebera na vida. Ambas se separaram com lágrimas nos olhos. Serena pegou suas coisas e acompanhou Aísha.

– Então, como é fazer parte das cadelinhas fiéis da Caise?

– Foi a pior semana que já tive. Elas não têm assunto, só sabem falar sobre natação. Parece que respiram o cloro. É bem desgastante. Sem falar no péssimo gosto para roupas que elas têm. Parecia tudo roupa de brechó. E a Caise ainda queria que eu usasse roupas iguais às dela, o que me deixou possessa e... – O sorriso de Serena abria mais a cada palavra, pois sabia que sua melhor amiga estava de volta.

– E como ela está depois do que aconteceu?

– Meio atordoada e com muita dor de cabeça. Diz que não se lembra de ter ido para a minha casa depois que deu aula para você. Sobre seus poderes, ela parece ainda não ter a menor ideia.

Serena sentiu como se um peso tivesse saído de suas costas. As meninas chegaram à sala e foram para seu lugar de costume, na fileira da parede.

– Você ainda não me explicou direito o que aconteceu quando Caise voltou para buscar o celular dela. O que estava levitando?

– Ah, isso. Bem...

Serena pressionou a mão contra a parede da sala e se concentrou. Ela sentiu a eletricidade penetrar sua mão. As luzes da sala começaram a piscar, o que fez com que muitos alunos se assustassem. Serena tirou a mão da parede antes que a luzes estourassem. Ela estendeu a mão e canalizou toda a energia que absorveu para sua palma. Segundos depois, emergiu dela uma pequena esfera brilhante.

– Isso é... – Aísha olhava encantada para a pequena bolinha.

– ...energia. Para ser mais exata, energia da sala.

– Então agora você controla a energia?

– Eu não diria que eu a controlo, mas que posso fazer um uso diferente dela. Mas não por muito tempo. Se ela fica muito concentrada, eu começo a zumbir e coisas começam a acontecer. Papéis grudam em mim e meu cabelo fica arrepiado.

– Que legal! – Aísha parecia estar muito entusiasmada.

Serena absorveu de volta a esfera no exato momento em que o professor entrou na sala.

Antes do treino, Aísha havia convidado Serena para ir à sua casa de noite para nadar, pois seus pais estariam fora até tarde. Então, quando a treinadora soou o apito indicando o fim do treino, Serena saiu da piscina, colocou a roupa por cima do maiô molhado e foi para a casa da amiga. Quando chegou, entrou pelo portão lateral do jardim e encontrou Aísha já deitada em uma boia na piscina. Vendo a oportunidade perfeita para fazer uma brincadeira, Serena fez um simples movimento de mão que virou a boia, e sua amiga caiu na água.

– Serena! – gritou Aísha, saindo da água e tossindo desesperadamente em busca de ar.

– Que foi? – perguntou Serena, rindo. – Você acha que eu ia perder essa oportunidade de te derrubar, ainda mais distraída daquele jeito?

– Você demorou.

– A treinadora estendeu o treino. Pegou mais pesado, porque muitas meninas estavam meio moles.

– Mas você não está entre essas meninas, né? Já que... Sabe de uma coisa? Eu ainda não te vi nadando. Pelo menos não depois que você passou a ser considerada a nadadora mais rápida da escola.

– Mas não foi pra isso que você me convidou? – perguntou Serena, rindo.

Serena tirou a roupa molhada que cobria o maiô de treino e pulou na água. Elas passaram horas brincando ali como duas crianças. O desempenho de Serena perto da amiga não foi nem um pouco diferente do que era na piscina da escola. A cada braçada que Serena dava, Aísha ficava mais impressionada. Era quase meia-noite quando ambas, já muito cansadas, pegaram uma boia cada e começaram a conversar.

– Você já descobriu alguma coisa sobre tudo o que está acontecendo?

– Não tive tempo. Caise vai em casa quase todos os dias depois da escola e me entope de lição. Mas vontade não faltou – disse Serena. – Será que isso vai durar para sempre? – ela perguntou. – Não saber as coisas é horrível. Isso me assombra às vezes. Não que eu não goste, pois eu até já aceitei a ideia de que, se conhecerem meu padrão de cores, meus sentimentos serão um livro aberto a partir de agora. E, claro, meus poderes têm se mostrado muito úteis – ela disse com um olhar sapeca. – Mas, se eu pudesse, eu gostaria de voltar ao normal.

– Eu trocaria de lugar com você fácil.
– Sério? Mesmo se você só conseguisse comer peixe?
– Como assim?
– Eu descobri por que, naquele dia que a gente brigou, a minha comida tinha gosto de serragem. Só consigo comer frutos do mar agora.
– Mas você nunca gostou...
– Eu sei, mas eu preciso comer, então...
– Bom, sempre tem um lado ruim. É como o Super-Homem: é só chegar perto da criptonita, que perde toda a força. Mas, mesmo assim, eu trocaria com você.

Serena sorriu. Elas ficaram mais algum tempo na água conversando. Depois, Serena se despediu da amiga e foi para casa.

– Quem é o ser inútil prestes a morrer por me acordar às quatro da manhã? – berrou Aísha, descendo as escadas para abrir a porta que estava sendo esmurrada. Quando o fez, deparou-se com uma Serena, de aparência cansada e profundas olheiras sustentando seus olhos. Seu cabelo estava todo despenteado e ela estava toda vestida de preto.

– O que você está fazendo aqui a essa hora? E que cara é essa?

– Eu não consegui dormir. Fiquei pensando no que conversamos mais cedo, no que está acontecendo comigo e tudo mais. Então, pensei em voltar à biblioteca.

Aísha abriu a boca para contestar, mas Serena continuou: – Sei que já viramos aquele lugar de cabeça para baixo, mas me lembrei de que, da última vez que fomos lá, eu encontrei uma porta meio escondida atrás do balcão da bibliotecária. Eu tentei abri-la, mas aquela senhora me impediu antes que eu conseguisse. Além disso, quando perguntei sobre o conteúdo da sala, ela me deu a desculpa mais esfarrapada do mundo. Deve ter algo naquela sala que possa me ajudar. Eu sinto isso. É por isso que temos que ir até lá agora, que aquela senhora não estará lá, e entrar na salinha.

– Olá, Terra chamando Serena. São quatro da manhã e, pelo o que eu saiba, a biblioteca está fechada.

– Meus poderes servem pra alguma coisa, sabia? Posso abrir a porta da frente e, ainda, a porta da salinha. Agora ande! Vá se trocar, porque o tempo é precioso!

Serena empurrou Aísha escada acima, fechando a porta atrás de si.

Quarenta minutos mais tarde, Serena andava de um lado para o outro no quarto, impaciente, enquanto Aísha fazia a maquiagem.

– Que pessoa demora mais de quarenta minutos para trocar de roupa?

– Que pessoa pode causar um *blackout* em um prédio inteiro usando só as mãos?

– *Touché*! – Serena respondeu.

– Além disso, eu não posso sair com uma roupa preta sem fazer uma maquiagem que combine.

Serena revirou os olhos.

– Pronto. Como estou?

– Atrasada. Podemos ir agora?

Aísha mostrou a língua para a amiga e assentiu, então ambas saíram. Elas chegaram à biblioteca minutos mais tarde, fazendo o mínimo de barulho possível em todo o trajeto para não acordar alguém da vizinhança. Usando seus poderes, Serena destrancou uma das grandes portas de madeira que ficavam na entrada.

As duas entraram, mas não conseguiam enxergar nada. Estava um breu e, para ajudar, elas haviam esquecido a lanterna. Serena então lembrou que ainda tinha a energia que absorvera da escola e se concentrou na palma de sua mão. Em instantes, a bolinha surgiu novamente, iluminando parcialmente o local onde estavam. Elas foram até os fundos, guiadas pela luz que irradiava da mão de Serena. Lá, encontraram a porta, que Serena destrancou com facilidade, e entraram.

A salinha estava toda empoeirada. Cheirava a mofo e naftalina. Parecia que ninguém entrava lá há muito tempo. As meninas se separaram e começaram a procurar por alguma coisa que pudesse ajudar. A luz era pouca, mas Serena podia ver vários baús velhos e fotografias antigas de uma mulher que parecia ser a bibliotecária mais jovem. Havia uma foto de duas adolescentes que lhe eram particularmente muito familiares. Serena abriu um dos baús e começou a procurar. A maioria deles estava cheia de documentos que quase se desfaziam ao toque. Outros tinham fotos antigas e livros que ela nunca tinha visto. Elas ficaram um tempo procurando alguma pista entre as velharias quando:

— Achei! Finalmente achei! Aquela velha mentiu pra mim.

— O que você encontrou? — perguntou Serena, correndo para perto da amiga toda esperançosa.

— O livro que eu estava procurando. Bom, pelo menos é parecido. Já estava mais do que na hora. Tenho que entregar o trabalho na segunda.

Serena revirou os olhos e voltou a procurar.

Algumas horas já haviam se passado, mas as duas amigas ainda não haviam encontrado nada. Então, em meio a todo aquele silêncio, elas ouviram a porta da frente se abrir. Elas entraram em pânico, o que deixou os olhos de Serena pretos. Não era para ter ninguém na biblioteca. Serena verificou as horas em seu celular. Eram oito horas da manhã. Elas estavam procurando há mais de quatro horas e ainda havia muita coisa para ver, mas o tempo havia se esgotado. Serena absorveu a esfera de energia e espiou pela fresta da porta. Era a bibliotecária. Ela estava sentada no balcão, organizando algumas coisas para poder abrir a biblioteca no horário.

— Como vamos sair daqui agora? — perguntou Serena, com uma voz quase inaudível.

— Temos que distraí-la.

— Como?

Aísha pensou por alguns segundos.

— Um apagão. Absorva a energia do prédio. Vai ficar muito escuro para que ela veja qualquer coisa. Dessa forma, poderemos sair de fininho. Aí, quando chegarmos lá fora, você devolve a energia.
— Eu não sei se consigo absorver tanta energia.
— Tente logo.

Serena assentiu. Respirando fundo, ela sentou no meio da salinha e pressionou as mãos contra o chão. Então, começou a sentir a energia entrar pelo seu corpo. As luzes do prédio começaram a piscar. Seus cabelos ficaram arrepiados e seu corpo começou a emitir aquele zumbido irritante, conforme a energia fluía por ele. Quando conseguiu absorver o máximo de energia que seu corpo suportava, o prédio inteiro ficou em uma escuridão intensa.

Serena se levantou meio tonta, pegou Aísha pelo braço e guiou-a até a porta da frente. Passando pelo labirinto de estantes, as meninas chegaram a um ponto onde conseguiam ver a luz do dia por baixo da porta de entrada. Seguindo a luz, Serena e Aísha conseguiram sair do prédio. Para evitar usar as escadas, elas se jogaram direto nos arbustos que enfeitavam a lateral do edifício.

Demorou alguns segundos para que as meninas se acostumassem à luz forte do dia. Quando o fizeram, viram a bibliotecária descendo as escadas e olhando os arredores. Ela provavelmente havia visto a porta se abrir quando Serena e Aísha saíram. Quando ela desistiu de investigar o ocorrido e voltou para dentro, o silêncio tomou conta do lugar, exceto pelo zumbido que vinha de Serena. As meninas suspiraram aliviadas.

– Se da próxima vez que nos escondermos você ficar zumbido assim, alguém vai nos encontrar. Principalmente se ouvir melhor do que essa mulher – disse Aísha, se esforçando para puxar o ar para os pulmões.

– Muita energia concentrada. Me desculpe.

– Tudo bem – disse Aísha, se levantando. – Agora devolva essa energia ao prédio, porque eu vou ficar maluca se você continuar zumbindo assim o caminho todo.

Serena pressionou a mão contra a parede branca e sentiu a energia fluir de seus dedos de volta para o prédio. Minutos depois, as luzes se acenderam. Serena levantou-se, limpando a terra da calça, e foi para casa.

Em casa, depois de ter se despedido da amiga, Serena foi verificar se a irmã estava bem, mas Sierra ainda estava dormindo. No quarto, Serena jogou a bolsa na cama e foi tomar uma ducha. Ela colocou uma música para tocar no celular e o deixou em cima da pia. Em seguida, entrou no chuveiro, girou o registro e deixou a água escorrer pelo seu corpo, como sempre. De repente, ela sentiu um aperto da cintura para baixo, perdeu o equilíbrio e caiu. Sem conseguir se levantar, Serena usou seus poderes para fechar o registro do chuveiro e se arrastou para fora do *box*. Ela virou de barriga para cima, espiou o que tinha de errado com suas pernas e arregalou os olhos de surpresa. Serena moveu seu celular da pia para sua mão e apertou a discagem rápida de Aísha, que atendeu ao primeiro toque.

– Eu ia ligar pra você agora. Acho que descobri por que tudo isso está acontecendo.

– É? Eu também – disse Serena.

CAPÍTULO 12

— Me desculpe pela demora. Eu precisei tirar umas cópias das páginas que ia usar no trabalho e... — Aísha entrou correndo no banheiro, pisou em alguma coisa nojenta e, logo em seguida, ouviu Serena gemer de dor. — Me desculpe, eu não vi a sua ca... ca... Você tem uma cauda?

— É o que parece — respondeu Serena com sarcasmo.
— Mas como?
— Se eu soubesse, não teríamos que...
— O que está acontecen... — Sierra abriu a porta do banheiro. — Uau! Você tem uma cauda! Que legal! — A garota ajoelhou-se ao lado da irmã e começou a esfregar a superfície escamosa. — Ela é linda!

E era mesmo. Tinha um tom de azul arroxeado que brilhava quando a luz refletia nela que Serena jamais vira igual. Aísha olhava para Sierra assustada, como se ela estivesse fazendo algo extremamente errado. Então, a ficha de Serena caiu.

– Não se preocupe, ela já sabia sobre mim. Descobriu no dia em que brigamos.

Aísha assentiu e voltou a olhar para a amiga, estupefata.

– Então, será que vocês podem me ajudar a voltar ao normal? Ou, pelo menos, me colocar na cama?

– Acho mais fácil te colocar na cama. Não faço a mínima ideia de como fazer com que você volte ao normal.

– Tente secá-la. Faz sentido, vocês não acham? Se ela ficou assim depois de entrar no chuveiro, talvez volte ao normal depois de seca – disse Sierra.

Aquilo de alguma forma fazia sentido. Aísha foi até o armário, pegou algumas toalhas e as jogou em cima de Serena. Então, as três começaram a enxugar a cauda. Elas levaram quase dez minutos para secar Serena por completo. Quando terminaram, Serena sentiu uma leve pressão da cintura para baixo, então a cauda sumiu.

– Sabe, isso explica muita coisa – disse Aísha, enquanto Serena se levantava e se enrolava em uma toalha –, como o fato de que você só consegue comer frutos do mar, ou como você, de repente, virou uma nadadora profissional.

– Pode até ser, mas não explica por que isso está acontecendo – disse Serena, pegando uma calça *legging* e uma camiseta do armário.

– Foi por isso mesmo que eu trouxe o livro.

Quando terminou de vestir as calças, Serena pegou o livro das mãos da amiga, sentou-se com ela e a irmã, então começou a ler.

"Há muito se conhece o mito das Sereias, seres mitológicos que são metade mulheres, metade peixes. De extrema beleza, diz-se que elas moram no fundo dos oceanos e atraem pobres pescadores para a morte. No entanto, grande parte desses mitos não é verdadeira. Sereias eram mulheres (os homens eram chamados de tritões) como quaisquer outras, exceto por suas caudas, e viviam em famílias não muito longe da superfície do oceano. Elas possuíam poderes incríveis e uma beleza estonteante, mas não eram más. Viviam se escondendo dos humanos que pudessem lhes fazer mal e dos barcos de pesca. Seus poderes eram definidos de acordo com a fase da lua em que nasciam.

As sereias da lua nova tinham a capacidade de controlar o fogo e fazer com ele o que bem entendessem. Elas eram consideradas os dragões do mar. Já, as sereias da lua crescente controlavam os quatro elementos da natureza e podiam desenvolver a habilidade de se camuflar, caso algum mergulhador ou predador se aproximasse.

As sereias da lua cheia eram videntes. Além da capacidade de prever o futuro, seu humor variava de acordo com a previsão que tinham. Caso alguma coisa ruim fosse acontecer elas ficavam felizes, e, se algo bom fosse acontecer elas ficavam triste.

As sereias da lua minguante tinham a habilidade de alterar o clima a seu gosto, o que ajudava muito quando o assunto era espantar os pescadores.

Por fim, existia um tipo de sereia que era o mais raro de todos. Só se ouvia de um nascimento nessa lua a cada cem anos aproximadamente. As sereias da lua azul eram imprevisíveis. Nunca se sabia ao certo quais poderes teriam ou se desenvolveriam mais algum. Geralmente, os poderes de sereias comuns começam a se manifestar aos treze anos, mas, no caso das sereias da lua azul, seus poderes vinham mais tarde, quando completavam dezesseis. Uma forma muito fácil de identificar uma sereia da lua azul é pelos seus olhos: eles possuem um tom incomum de azul e mudam de cor de acordo com seu humor. Durante sua lua de nascimento, uma sereia consegue trocar sua cauda por pernas durante um período de 24h. Mesmo com essa possibilidade, não há conhecimento de híbridos de humanos e sereias."

— Então, você acha que eu sou uma sereia da lua azul?

— Você se encaixa na descrição. Aqui diz que elas são imprevisíveis e que seus poderes podem variar muito, e os outros tipos de sereia não tinham nenhum dos poderes que você tem. Ainda por cima, diz aqui que os olhos delas mudam de acordo com o humor e que os poderes só se manifestam aos dezesseis anos.

— Mas aqui também diz que não há híbridos de sereias e humanos.

— Não. Aqui diz que não há *conhecimento* de tal fato. Pode ser que você seja a primeira. É sério, Se. Este livro explica tudo o que está acontecendo com você.

– Eu não posso ser a primeira, porque meus pais são as pessoas mais normais e chatas que eu conheço. E eu já os vi entrar na água várias vezes sem nada jamais acontecer. Além do mais, se fosse esse o caso, isso estaria acontecendo com a Sierra também, mas nada aconteceu com ela.

– Mas bem que eu gostaria.

– Precisamos pedir ajuda a alguém, e eu sei exatamente quem – disse Serena, pegando o telefone.

Horas mais tarde, a campainha tocou e Serena correu para atender a porta.

– Obrigada por vir – disse Serena.

– Não há de quê, querida – disse a professora Mitch, entrando na casa. – Eu disse que você poderia me ligar se precisasse de alguma coisa. Então, qual é o problema?

Serena guiou a professora até a sala de estar e pegou o livro.

– Gostaria que me explicasse o que está escrito neste livro.

No momento em que a professora olhou para o livro, sua expressão passou de uma mãe olhando com amor para a filha para a de uma pessoa nostálgica, que acabou de encontrar as coisas de infância no sótão de casa.

– Onde você conseguiu isso? – perguntou a professora, pegando o livro das mãos de Serena.

– Na biblioteca, enquanto Aísha tentava encontrar o livro de que precisava para o seu trabalho de Filosofia – disse Serena, escondendo o fato de que ela e Aísha invadiram um prédio público no meio da noite.

A professora assentiu, alisando a capa do livro como se fosse um velho amigo que não via há muito tempo.

– Eu me lembro de quando ajudei a escrevê-lo. Era muito jovem. Eu e minha mãe adotiva demoramos meses para escrevê-lo. Isso me traz muitas lembranças – ela disse. Então, tirou os olhos do livro por alguns instantes e encarou Serena, desconfiada: – Por que você quer saber sobre o que está escrito aqui?

Serena congelou. Ela não havia planejado contar tudo à professora hoje. Mas, se quisesse respostas, que escolha tinha? Então, ela contou tudo, desde o dia do seu aniversário até algumas horas atrás, quando sua cauda apareceu durante o banho. Serena esperava que a professora a chamasse de louca ou achasse que ela tinha algum problema mental, mas ela apenas olhava para a garota com um olhar compreensivo. Quando terminou de falar, ambas ficaram em silêncio. Serena esperava ansiosa pela resposta da professora.

– Isso não é bom. Sua mãe tinha medo de que isso acontecesse.

– Minha mãe? Então Aísha estava certa. Tudo isso é culpa da minha mãe?

– Eu não posso negar nem confirmar nada, porque prometi à sua mãe que não o faria até que ela achasse que você estivesse pronta, apesar de já estar mais do que na hora, considerando que você começou a mudar.

– Não! Isso não é justo – disse Serena, inconformada. – Esperei semanas para conseguir respostas e, quando descubro alguém que possa me ajudar, tenho que esperar mais? Não ligue para o que minha mãe disse! Preciso saber o que está acontecendo agora!

— Sinto muito, querida. Eu gostaria de sanar todas as dúvidas que você tem neste exato momento, mas fiz uma promessa à sua mãe.

Serena olhava para a professora com muita raiva, mesmo que isso não fosse ideia dela, mas sim de sua mãe (Serena não fazia ideia de como se conheciam tão bem a ponto de prometer coisas assim uma à outra). Os olhos dela estavam quase tão vermelhos quanto um semáforo fechado.

— Mas e se eu precisar de ajuda? E se eu me transformar na escola ou algo do tipo?

— Você tem o meu número. É só me ligar, que eu irei o mais rápido possível. Combinado?

Serena assentiu.

— Ótimo — disse a professora, segurando a mão de Serena. — Agora preciso ir. Se precisar de alguma coisa, não hesite em me ligar. E, por tudo o que é mais sagrado, tome muito cuidado com esse livro. Ele não pode cair em mãos erradas — disse a professora, que abraçou Serena, deu meia-volta e saiu.

Depois que a professora Mitch foi embora, ainda com os olhos vermelhos de fúria, Serena subiu as escadas pulando de dois em dois degraus, voltou para o quarto onde Aísha e Sierra esperavam por ela e bateu a porta com toda a força que tinha. Ela pegou o celular e selecionou o número da mãe na discagem rápida. Depois de alguns segundos, desligou. O telefone estava na caixa postal. Tentou mais umas três vezes, mas, mesmo assim, não obteve retorno. Então, ela gritou de frustação e jogou o celular na cama. Ao mesmo tempo, um pente passou voando por cima da cabeça da irmã. Serena se jogou na cama, quase derrubando Aísha, e sentiu uma pressão que deixou seus olhos mais vermelhos do que ela achava possível.

– Acalme-se, criatura. O que aconteceu?

Serena contou sobre a conversa que teve com a professora. A cada palavra, ela socava seu travesseiro de tal maneira que quase chegou a furá-lo.

– Então eu estava certa? Isso tudo tem a ver com a sua mãe?

Serena assentiu

– Mas e sua irmã? Ela ainda não tem poderes, nem um anel de humor nos olhos.

– Eu posso ser igual à Se. Uma sereia da lua azul.

– Acho muito improvável, levando em consideração que a lua azul é um fenômeno natural muito raro e que o nascimento de uma sereia nessa lua, de acordo com o livro, ocorre de cem em cem anos. Mas uma coisa que eu não entendi é por que sua mãe tinha medo de que isso acontecesse.

– Eu também não sei, e a Mitch não quis me contar. E, para ajudar a situação, minha mãe não atende – disse Serena, desligando o celular. – Parece que ela só tem o celular como enfeite.

– Fique calma. Lembra o que eu disse outro dia? Nada se resolve com raiva. Respire fundo e tente fazer com que seus olhos voltem ao normal.

Serena tentou, mas o sentimento era tão forte que tudo o que conseguiu foi uma dor de cabeça.

– Não consigo – disse Serena, esfregando as têmporas para tentar espantar a dor.

– Tudo bem. Sierra, prepare um chá de camomila para...

– Ela não pode mexer no fogão desde o acidente.

– Ok, então prepare um suco de maracujá para tentar acalmá-la. Eu volto mais tarde, pois preciso mesmo fazer esse trabalho e conseguir uma boa nota no semestre. Assim que terminar, eu ligo pra vocês.

Serena concordou, ainda respirando fundo para se acalmar. Aísha deixou a casa enquanto Sierra levava a irmã para a cozinha e a acomodava na mesa.

–

No dia seguinte, Serena e a irmã foram até a casa de Aísha. Um pouco antes de Serena pegar no sono na noite anterior, Aísha ligou para elas e as convidou para passar o dia com ela, dizendo que haveria uma grande surpresa esperando por Serena. Então, na manhã seguinte, as meninas se arrumaram e foram para a casa de Aísha. Encontraram-na deitada em uma cadeira de praia, à beira da piscina, tomando sol.

– Finalmente. Achei que não viriam mais – disse Aísha, colocando os óculos na cabeça.

– Foi mal, a preguiçosa aqui demorou para acordar – disse Serena, dando um tapinha na irmã.

– Foi brincadeira. Então, está pronta? – perguntou Aísha, levantando-se da cadeira e indo em direção à amiga.

— Pronta para que exatamente?

— Para testar a força da sua cauda, obviamente.

— E por que você acha que eu gostaria de fazer isso?

— Porque você já nada super-rápido com pernas. Imagine agora, com uma cauda. Deve estar mais rápida que um golfinho.

— Eu não tinha a intenção de entrar na água tão cedo. E se eu me afogar?

— Bem, a lógica de uma sereia é que ela pode respirar debaixo d'água. Também, se você der qualquer sinal de que esteja se afogando, eu e Sierra estaremos aqui para ajudá-la.

— Mas eu não trouxe roupa de banho, e...

— Eu empresto uma a vocês — disse Aísha. — Ainda devo ter biquínis de quando era mais nova para sua irma.

Serena assentiu, mesmo que contra a sua vontade, e seguiu Aísha até seu quarto.

Minutos depois, devidamente vestidas para aproveitar a piscina, as meninas desceram. Aísha emprestara a Serena um biquíni tomara que caia com listras coloridas e a Sierra um lindo biquíni azul com tema floral.

Já do lado de fora da casa, Serena foi até a borda da piscina com as meninas e encarou seu reflexo na água. Então, tomou coragem e pulou. Quando mergulhou, Serena sentiu aquele aperto da cintura para baixo, igual ao que sentiu quando sua cauda apareceu no dia anterior e desapareceu em seguida. No lugar em que antes havia suas pernas, podia-se ver sua cauda novamente.

Agitando a superfície cristalina da água, Serena começou a se debater. Ela não tinha a mínima ideia de como nadar com aquilo. Desesperada, ela gritou por ajuda e começou a afundar. Aísha e Sierra correram para a água o mais rápido que conseguiram para ajudá-la. Quando ela conseguiu se estabilizar, as garotas se afastaram e ela começou a nadar. No começo, Serena atrapalhou-se um pouco, mas depois era como se ela e a água fossem uma coisa só. Ela nunca gostou de nadar e se sentia presa na água, mas, naquele momento, ela não poderia sentir-se mais livre.

As três meninas passaram o dia inteiro na piscina, parando apenas para almoçar. A surpresa que Aísha havia preparado para Serena era um incrível almoço com todos os tipos de frutos do mar que era possível encontrar nas redondezas. Ao ver a mesa cheia de peixes de todas as espécies, camarões e siris, a boca de Serena começou a salivar. Aquela foi uma das melhores tardes que ela passara com a irmã e a amiga em sua vida.

Um pouco antes de anoitecer, Serena levou a irmã para a casa de uma amiga e voltou para sua casa. Ainda precisava estudar para a prova que teria no dia seguinte e não queria que toda aquela tortura de ficar presa em uma sala sozinha com Caise por mais de uma hora fosse em vão.

—

No dia seguinte, na escola, os olhos de Serena estavam amarelos de tanta ansiedade. Ela tentava olhar para as outras pessoas o mínimo possível, para que não notassem a alteração em seus olhos. Não tirava os olhos um minuto sequer de suas anotações. Passou seu almoço e seu tempo livre revendo tudo o que havia aprendido com Caise.

No final do dia, um pouco antes da prova, em frente à sala onde ela seria realizada, Serena andava de um lado para o outro repetindo a matéria em voz alta, enquanto Aísha a observava, impaciente.

– Se, fique calma. Você sabe a matéria de cor. E daqui a pouco vai acabar abrindo um buraco no chão de tanto andar em círculos.

– Não posso parar. Eu me concentro melhor andando. Tenho medo de não ir bem. E se eu não for bem? Não vou aguentar ter que fazer aulas de reforço com o Sr. Nazuko todos os dias depois da escola.

– Não se preocupe. Você não vai ter que ver a cara feia dele, a não ser na sala, durante as aulas normais. Você consegue – disse Aísha, abraçando a amiga e tentando transmitir todo o pensamento positivo que ela conseguia. – Bem, eu tenho que ir – disse Aísha, soltando a amiga. – Tudo vai dar certo.

Serena assentiu e Aísha se despediu, desejando boa sorte à amiga.

Depois que Aísha saiu, Serena esperou mais alguns minutos antes que o diretor a chamasse. Ela entrou na sala e se acomodou em uma carteira. Então, o diretor lhe entregou a prova.

Uma hora e meia mais tarde, Serena saiu correndo da sala da prova até o ginásio para encontrar Aísha, com os olhos dourados de alegria. Quando virou o corredor, viu a amiga sair do vestiário feminino e pulou em seus braços.

— Eu consegui! Consegui fazer a prova! — Serena ria e gritava, com os braços ainda em volta do pescoço da amiga, que retribuía o abraço.

— Eu sabia que você era capaz. Quando sai o resultado?

— O diretor disse que entregará a prova ao professor amanhã, então vai depender do tempo que ele vai levar para corrigir a prova — disse Serena, soltando a amiga. — Eu não acredito que vou dizer isso, mas, se não fosse por Caise, eu nunca teria conseguido.

Enroscando seu braço no da amiga, Aísha levou-a até o Aqua's, para que comemorassem da forma apropriada.

CAPÍTULO 13

Serena ainda estava intrigada com o livro. Claro, ela já havia descoberto o que causou todas aquelas mudanças nela, mas ainda não sabia o porquê nem o que sua mãe tinha a ver com tudo aquilo. Já havia considerado a hipótese sugerida por Aísha, de que sua mãe talvez fosse uma sereia, mas nunca viu uma cauda em sua mãe quando ela tentava ensiná-la a nadar, e sua irmã nem sequer havia adquirido poderes.

No dia seguinte, durante a aula de Geografia, Serena folheou o livro para ver se encontrava algo que pudesse ajudá-la. Depois de ter lido quase o livro inteiro umas cinco vezes e, ainda assim, não ter encontrado nada que fosse útil, encontrou um capítulo escondido intitulado "A Guerra das Marés". Mas havia um problema: todas as páginas haviam sido arrancadas dele. Nenhuma havia sobrado. *O que essa guerra tem de tão importante que precisaram arrancar as páginas do livro?* Antes que Serena pudesse procurar mais pistas, o livro foi tomado de suas mãos.

— Serena, não me ouviu chamando sua atenção?

Serena abaixou a cabeça, sentindo a pressão que deixou seus olhos lilases de vergonha.

— Já lhe avisei três vezes que era para guardar esse livro. Você sabe que eu não gosto de distrações em minha aula. Agora isso fica comigo.

Ao ouvir as palavras do professor, Serena sentiu novamente a pressão em seus olhos, que os deixou pretos. Ela entrou em pânico. O professor colocou o livro em uma das gavetas de sua mesa, trancou-a e voltou à aula.

Serena não tirou os olhos da mesa até o final da aula, quando teve a esperança de que o livro seria devolvido a ela, mas que foi despedaçada quando o professor disse que a castigaria e ficaria com o livro, pois já a havia alertado várias vezes, sem resultados. Então, ele se levantou e saiu.

Serena passou pelos corredores como um raio até a sala de Mitch, trombando com Aísha no meio do caminho.

— Ei! Acalme-se, ligeirinha. Por que tanta pressa? — perguntou Aísha, que então olhou para os olhos de Serena. — Por que esses olhos pretos?

— O professor pegou o livro. Que fala de... — ela nem precisou terminar o que ia dizer. A mudança na expressão de Aísha foi instantânea. — Preciso conversar com a Mitch *agora*!

Aísha assentiu e ambas correram até a sala da professora.

As meninas entraram na sala ofegando. Quando a professora viu os olhos de Serena, entrou em estado de alerta.

— O que houve?

— O livro — disse Serena, tentando puxar ar para os pulmões.

— O que aconteceu com ele?

— O Sr. B... tomou o livro de mim.

— Ah, isso não é bom. Não é bom mesmo. Eu falei que você deveria tomar conta dele.

— Me desculpe. Eu só queria mais respostas.

— Tudo bem — disse Aísha, interrompendo as duas antes que começassem a discutir. — Agora não é o melhor momento para começar uma discussão sobre aquele livro. Ainda mais aqui na escola.

— Temos que pegá-lo de volta. Acredite, aquele livro nas mãos daquele homem não é coisa boa.

— Como? — perguntou Serena, desesperada.

— A minha quinta aula de hoje é com ele. Posso distraí-lo enquanto você pega o livro.

— Vai ser uma cena *linda*. Eu vou ter que entrar na sala rastejando, sem que ele perceba, e pegar uma coisa que está na gaveta bem na frente dele, que, ainda por cima, está trancada.

— Você não precisa entrar na sala para conseguir pegar o livro. Você pode pegá-lo usando seus poderes. Você só tem que estar do lado de fora da sala. Há um arbusto do lado de fora da escola bem em frente à sala do Sr. B. Eu tenho aula com ele durante o seu tempo livre. Você pode se esconder no arbusto e esperar até que eu o distraia. Então, você pega o livro. Não é o melhor plano, mas é tudo o que temos no momento.

Serena assentiu.

Na hora da aula, enquanto Aísha ia para a sala, Serena foi se esconder nos arbustos para esperar pelo sinal da amiga. Ela olhava impaciente para o relógio, esperando a hora em que o professor se afastaria da mesa.

Depois de vinte minutos, Serena viu o professor indo até a carteira da amiga e soube que era sua deixa. Ela estendeu a mão e se concentrou até sentir uma leve vibração no braço. Serena se concentrou na gaveta, imaginando o trinco se abrindo, e então, segundos depois, a gaveta se abriu. Concentrando-se no livro, ela o tirou da gaveta e o arrastou pelo chão da forma mais devagar e discreta possível, até que ele parou abaixo da janela. Mas, antes que ela pudesse passá-lo por ali, o professor voltou para sua mesa e viu o livro no chão. Ele o pegou, olhando pela janela com um olhar desconfiado, enquanto Serena se encolhia nos arbustos para se esconder. Em seguida, guardou-o em sua maleta. Xingando baixinho, Serena esperou até que o professor voltasse a ficar absorto na matéria e saiu do esconderijo.

No fim do dia, Mitch esperava pelas meninas em sua sala.

– E então? Como foi? – perguntou a professora, esperançosa.

– Ele pegou o livro pouco antes de eu conseguir passá-lo pela janela – disse Serena.

– Tudo bem. Podemos ir lá pegá-lo agora. Serena, você pode destrancar a porta e...

– Isso não será possível. Ele colocou o livro na maleta e o levou para casa – disse Serena.

O rosto da professora ficou pálido.
– Como vamos pegá-lo agora? – perguntou Aísha.
– Do mesmo jeito que pegamos antes – respondeu Serena.
– Invadindo a casa do professor? – perguntou Aísha, entrando em pânico.
– Não faça essa cara para mim. Nós invadimos a biblioteca para pegá-lo antes.
– Sim, mas isso foi no meio da noite, quando sabíamos que não haveria ninguém lá. Mas agora com certeza haverá alguém em casa, que talvez acorde ou nos veja entrando. Se isso acontecer, nós entraremos numa fria de vários jeitos diferentes!
– Pare de reclamar. Se não o recuperarmos, eu é que posso entrar numa fria muito maior. Nós temos que fazer isso – disse Serena. – Por favor, eu não consigo sem você. Você me ajuda?
Aísha olhou para a professora pedindo ajuda. Esperando que ela dissesse que a ideia era ridícula. Mas ela não fez nada.
Aísha hesitou, mas concordou.
– Ótimo, nos encontramos na frente da minha casa à meia-noite.
Horas mais tarde, Serena estava do lado de fora da sua casa, impaciente e com os olhos vermelhos, tentando ligar para Aísha. Depois de ouvir a mensagem da caixa postal da amiga pela quinta vez, ela viu Aísha dobrar a esquina e vir em sua direção.
– Você tem certos problemas com horário, né? Está vinte minutos atrasada.

– Me desculpe, mas, se vou correr o risco de ser pega pela polícia, tenho que fazer isso com estilo.

– Nada a declarar. Vamos andando, pois não temos muito tempo.

Serena e Aísha andaram dez quarteirões até chegar ao bairro de classe média onde o Sr. B morava. Todas as casas eram iguais, o que dificultou muito a procura pela casa do professor. Elas só conseguiram porque reconheceram o carro dele. Então, elas verificaram o quintal em busca de algum cachorro, já que a última coisa que queriam era que a vizinhança inteira acordasse. Com o quintal livre, as meninas pularam a cerca de madeira que delimitava o terreno do professor e foram até a varanda.

Uma fraca luminosidade era vista através da janela da sala. Aísha espiou a sala por ali e viu o professor dormindo em uma poltrona, de frente para a televisão, com um pote enorme de salgadinhos de queijo no colo. Na parede, um brilho chamou sua atenção. A casa tinha alarme. Aísha chamou a amiga e apontou para o pequeno dispositivo na parede. Serena assentiu e se concentrou no alarme. Com os braços ligeiramente encolhidos ao lado de seu corpo, ela o desativou.

Voltando para a frente da casa, Serena destrancou a porta e, no maior silêncio do mundo, elas entraram na casa. Enquanto Aísha procurava o livro no andar de baixo, Serena realizava uma busca no andar de cima. Ela vasculhou todo o quarto principal: embaixo da cama, nos armários, nas gavetas, mas não encontrou nada.

Enquanto verificava o closet, Serena reparou que, bem no fundo dele, o carpete estava mal colocado. Então, ela reparou que o chão estava arranhado, como se algo tivesse sido movido com muita frequência ali. Ela se apoiou na parede para analisar aquilo mais de perto, mas esta se moveu. Com muito esforço, ela terminou de empurrar aquela parede falsa e ficou surpresa com o que encontrou: fotos de Mitch, de sua família e até de Aísha coladas nas paredes, como se elas fossem um grande quadro de investigação. Serena não fazia a menor ideia de como ele havia conseguido algumas daquelas fotos.

Minutos depois de ter encontrado o local secreto, Serena sentiu duas mãos sobre seus ombros. Ela se assustou e virou-se rapidamente, com os olhos roxos, mas ficou aliviada ao ver que era apenas Aísha.

– Encontrei... – Sua fala morreu quando ela viu as paredes. – Mas que loucura é essa? Por que ele tem todas essas fotos nossas? E como ele as conseguiu?

– É nisso que eu estou pensando também – disse Serena. – Vamos dar o fora daqui antes que ele acorde.

Elas arrastaram a parede falsa de volta para o lugar e saíram do closet, mas, antes que pudessem sair do quarto, viram uma sombra no corredor e ouviram passos se aproximando dali. Assustadas, elas correram para o banheiro. Com os ouvidos colados na porta, elas ouviram o Sr. B entrar no quarto e se aproximar do banheiro. Quando a maçaneta da porta começou a ser virada, as meninas entraram na banheira e fecharam as cortinas, em pânico. Espiando pela fresta, elas viram o professor entrar no banheiro. Ele encarou seu reflexo no espelho acima da pia e, em seguida, estendeu o braço para ligar o chuveiro. A água começou a cair nas meninas e, instantaneamente, Serena começou a sentir o aperto na sua cintura. Por sorte, o professor não demorou para entrar no chuveiro. Quando ele entrou, elas já haviam saído pelo outro lado da cortina. As meninas mal tinham saído do banheiro quando a cauda de Serena apareceu, o que fez com que ela caísse, mas Aísha a segurou antes que atingisse o chão. Arrastando a amiga pelo chão, Aísha começou a descer as escadas rapidamente, mas acabou tropeçando e rolando com Serena escada abaixo, o que causou o maior estardalhaço.

– Quem está aí? – o Sr. B perguntou.

Aísha arrastou a amiga até a cozinha e começou a procurar alguns panos de prato para secá-la, mas não havia nenhum à vista.

– Mais rápido – sussurrou Serena, impaciente.

– Não tem pano nenhum aqui. E, pelo estado da pia, a falta de pano deve ser irrelevante para ele – retrucou Aísha.

– O que vamos fazer agora? – perguntou Serena, com os olhos mais pretos do que seu próprio cabelo.

Arrastando Serena o mais rápido que pôde, Aísha abriu a porta da despensa, para que ambas entrassem ali. Escondidas na cozinha, as meninas tentaram pensar em outra saída, mas não havia nenhuma à vista. Então, usando seus poderes, Serena tentou derrubar alguma coisa no andar de cima para distrair o professor, e para que assim pudessem sair pela porta da frente, mas a única coisa que ela conseguiu foi fazer com que a geladeira tombasse. Aísha olhou para Serena com uma cara zangada. Então, totalmente apavoradas, as meninas ficaram em silêncio, abraçadas uma à outra.

Os passos foram ficando mais altos conforme o Sr. B chegava mais perto da cozinha, e o pânico foi aumentando. As meninas não tinham mais para onde ir. A única coisa que podiam fazer era esperar pelo pior. Serena ficou imaginando se não teria sido melhor se elas tivessem deixado isso para a professora Mitch, já que ela era uma adulta responsável. Ela desejou estar em sua casa.

De repente, os passos cessaram, e tudo voltou ao silêncio. Aísha se levantou e abriu a porta o mais devagar possível, para não fazer barulho. Tudo estava escuro. Tateando a parede, Aísha encontrou um interruptor e o apertou. Os olhos de Serena mudaram instantaneamente de preto para rosa quando elas perceberam que estavam dentro do closet do quarto de Serena.

– O que... Como? – perguntou Aísha, pasma.

– Eu não faço a mínima ideia.

– Você fez isso?

– Por que tudo de estranho que acontece é culpa minha?

– Não fique brava comigo. Você é a sereia aqui.

– Eu não sei se fui eu. Claro, eu queria muito voltar pra casa, mas nunca imaginei que pudesse fazer isso assim. O livro não dizia nada sobre isso.

– Tudo bem, depois nós vemos isso. Agora temos que dar um jeito de fazer com que você volte ao normal. Já volto – disse Aísha, saindo do closet e voltando segundos depois com uma pilha de toalhas.

Depois de ajudar Serena, Aísha se despediu e foi embora, e o assunto de como elas haviam misteriosamente chegado em casa morreu.

—

– Vocês estão bem? – Mitch perguntou às meninas no dia seguinte.

– Sim, só com um pouco de trauma e com a certeza absoluta de que nunca mais vamos invadir lugar algum – disse Aísha, colocando sua bolsa na carteira mais próxima. – E eu esqueci de dizer isso ontem, mas acho que o professor andou lendo o livro.

Ao ouvir as palavras de Aísha, tanto a professora quanto Serena ficaram pálidas. Os olhos de Serena passaram do azul natural para cinza de medo.

– Por que você acha isso? – perguntou Serena.

– Bem, eu encontrei o livro no escritório, e ele estava aberto em um capítulo qualquer. Havia algumas anotações em um bloco ao lado.

– Qual capítulo? – perguntou Mitch.

– Acho que "Guerra das Marés" ou algo do tipo. Por quê? Isso é importante?

– Eu ia fazer a mesma pergunta. Esse é o único capítulo que só tem título. Todas as outras páginas foram arrancadas. Por que ele é assim tão importante? – perguntou Serena.

– Me desculpe querida, mas é como eu disse no outro dia. Eu prometi à sua mãe que deixaria que ela contasse tudo a você.

O sinal tocou e a sala começou a se encher de alunos.

– É melhor que vocês saiam – disse a professora, conduzindo Serena e Aísha até a porta.

– Sabe, essa história de que só minha mãe pode responder as minhas perguntas está começando a me irritar mais que o normal – disse Serena, desligando o telefone após tentar ligar para sua mãe pela sexta vez. Ela tinha os olhos vermelhos de raiva.

Depois de falar com a professora Mitch, Serena e Aísha verificaram toda a biblioteca e acessaram vários sites na internet em busca do que seria a Guerra das Marés, mas essa tática não se mostrou eficiente, como sempre.

– Sabe, você anda muito estressada ultimamente. Estou quase comprando lentes de contato da cor natural dos seus olhos para que as pessoas não estranhem – disse Aísha, sentando-se ao lado de Serena em um sofá do Aqua's. – Não se preocupe, ela não vai ficar fora para sempre. Mais cedo ou mais tarde ela voltará.

– Eu sei. Mas, se ela mentiu pra mim todos esses anos, o que garante que ela não mentirá novamente quando chegar a hora?

– Eu não tenho como responder isso.

Serena temia essa resposta.

Serena se remexeu a noite toda na cama, sem conseguir pregar o olho. A cabeça estava cheia demais com a ideia de que talvez sua mãe não lhe contasse tudo ou até mentisse para ela.

Já eram quase quatro horas da manhã quando Serena ouviu a campainha tocar.

CAPÍTULO 14

Sendo tirada de seu devaneio pela campainha, Serena se levantou e foi atender a porta. Aísha estava do lado de fora, parecendo muito preocupada.

– O que você está fazendo aqui? Você vai se atrasar para a escola – disse Serena.

– Serena, já são quase oito da noite. Você não foi para a escola o dia inteiro e... Por que ainda está de pijama?

Oito da noite?, pensou Serena, sem saber quanto tempo tinha ficado fora do ar. Ela deu passagem à amiga para que entrasse e foi até o quarto da irmã. Segundos depois, voltou e foi para seu quarto com Aísha.

– Fiquei preocupada. A última vez que você faltou foi quando começou a mudar. Pensei que tivesse acontecido algo pior. Por que seus olhos estão cinza?

– Minha avó morreu.

Ao ouvir as palavras da amiga, Aísha ficou branca.

– Aconteceu durante essa madrugada. Minha irmã chegou em casa por volta das quatro da manhã chorando e me contou que nossa avó havia morrido. Nunca vi minha irmãzinha tão arrasada. – Ao terminar de falar, lágrimas começaram a brotar de seus olhos.

– Ai, Se. Sinto muito. – Aísha abraçou a amiga, oferecendo consolo. – Sei como dói perder um parente, mas, acredite, vai passar.

– O mais engraçado é que eu nunca fui muito apegada a ela. Pelo menos não tanto quanto minha irmã, mas mesmo assim dói muito – disse Serena, entre um soluço e outro.

– Eu sei, pode acreditar – disse Aísha. – Mas veja, sua mãe vai voltar e você vai conseguir suas respostas.

Ela não havia pensado nisso. Com a morte da avó, Serena finalmente teria as respostas que tanto queria. Mas, como reagiria ao consegui-las? Será que não seria melhor continuar daquele jeito? Ela já sabia que era uma sereia e, mesmo que ainda precisasse de alguma prática, estava começando a dominar seus poderes. Será que saber apenas aquilo não era o suficiente?

Ainda se questionando se gostaria mesmo de ouvir as respostas da mãe ou não, Serena estava a caminho do banheiro para secar as lágrimas quando ouviu a campainha soar no andar de baixo. Achando isso muito estranho, Serena desceu as escadas e abriu a porta, tomando o maior cuidado para que a pessoa que estivesse do outro lado não visse a mudança em seus olhos. Caise estava parada lá, com um alto-falante em uma das mãos e um *cooler* cheio de uma bebida não identificada na outra. Atrás dela, praticamente toda a escola estava parada, em frente ao jardim, esperando alguma coisa.

– Caise, o que... o que você está fazendo aqui? De onde veio toda essa gente?

– O diretor me disse que você foi muito bem na prova, então decidi fazer uma festinha para comemorarmos. Além disso, você não me agradeceu pela ajuda. Mas não tem problema, usar sua casa para a festa já conta como um agradecimento.

– Mas hoje eu não estou em clima de festa, e...

– Não me venha com desculpas. Todo dia é dia de festa – Caise disse, entrando na casa e sendo seguida por toda a horda de adolescentes que, antes, lotava o jardim.

Serena fechou a porta e subiu as escadas correndo, trombando com Aísha no caminho.

– O que está acontecendo? Que barulheira toda é essa?

– Caise.

Aquela única palavra bastou para que a expressão de Aísha mudasse. As meninas voltaram para o quarto de Serena, para que ela pudesse se trocar. Quando ela estava quase pronta, Sierra apareceu na porta do banheiro, com os olhos inchados e vermelhos de tanto chorar.

– Está tudo bem? Eu ouvi a campainha.

– Tudo bem, querida. Não precisa se preocupar com nada, pode voltar para seu quarto.

– Não, não está tudo bem – disse Sierra, olhando nos olhos da irmã. – Seus olhos estão bege. O que está acontecendo?

– Não se preocupe, eu e a Aísha vamos dar um jeito nisso. Volte para o seu quarto e tente dormir um pouquinho.

Hesitante, Sierra voltou para o quarto.

Depois que terminou de pentear os cabelos, Serena ia abrir a porta para descer quando Aísha a puxou pelo braço.

— O que foi? — perguntou Serena, impaciente.

— Seus olhos. Não devemos fazer alguma coisa para escondê-los? Ainda mais agora que, pelo jeito, você ainda está triste por causa de sua avó e com muita raiva de Caise.

— Pela quantidade de cerveja que eu vi esse povo carregando, eles nem vão notar que eu sou uma aberração. E, se notarem, duvido que lembrarão de alguma coisa amanhã.

Aísha deu de ombros. Elas abriram a porta e desceram as escadas.

Nos cinco minutos que Serena levou para se trocar, a casa já havia virado um caos. Havia latas e garrafas de cerveja por todo o chão, bem como gente pulando no sofá e dançando na mesa da cozinha. Ela nem queria saber o que era a gosma que estava grudada no teto. Serena sentiu a pressão no seu olho direito, que estava cinza e ficou quase tão vermelho quanto seu olho esquerdo.

— Ok, acho que agora você está mesmo com raiva — disse Aísha, encarando a amiga. — Tudo bem, parei.

As meninas se separaram e tentaram controlar o caos o máximo que puderam, mas isso parecia impossível. Serena tentou tirar algumas das latinhas do chão, mas, a cada uma que ela jogava fora, duas apareciam no lugar. O mesmo acontecia com os idiotas que ela tentava tirar de cima da mesa. Algumas pessoas que passavam reparavam em seus olhos, mas, ao falar com ela, o cheiro de cerveja era tão forte que ela se preocupava mais em não passar mal do que em cobrir seus olhos. Ela achava incrível como aqueles imbecis conseguiam ficar bêbados em tão pouco tempo.

Conforme as horas se passaram, o caos foi ficando cada vez pior. A casa já estava cheirando a cerveja e gente suada. A TV da sala de alguma forma, fora parar no jardim da frente e metade das pessoas invadiram a piscina do vizinho. Serena tentou encontrar Caise, para que ela pudesse dar um fim a toda aquela confusão, mas parecia que a menina havia evaporado.

Já era quase meia-noite quando Serena começou a sentir falta de ar. Ela foi até o lavabo, trancou a porta e encarou seu reflexo no espelho. Ela nunca vira seus olhos tão vermelhos. Sem poder abrir a torneira para lavar o rosto, ela se apoiou na parede e olhou para o celular. Meia-noite. *Como é que aquele povo não se cansa?* De repente, o aperto tomou conta de sua cintura e suas pernas, e ela perdeu o equilíbrio. Aquilo era só o que faltava para que a noite se tornasse um total desastre. Ela ia procurar uma toalha para se secar quando se lembrou de que não havia se molhado. Sua cauda havia simplesmente crescido, sem nenhum motivo aparente, então secar-se não adiantaria. Estranhando, Serena pegou o telefone e escreveu uma mensagem para a amiga, mas, antes que pudesse enviá-la, ela sentiu uma pontada no peito, seguida por muita falta de ar. Quando a dor passou, ela conseguiu lhe mandar a mensagem. Em cinco minutos, Aísha já estava batendo na porta. Ela abriu e Aísha entrou correndo.

— Se molhou com o quê?

— Com nada. Essa é a questão. Ela simplesmente resolveu aparecer, então eu acho que me secar não vai adiantar muita coisa.

— Então, o que você quer que eu faça?

— Eu não posso ficar aqui, tampouco posso ir para o meu quarto, especialmente com essa cambada de imbecis correndo pela minha casa. Você tem que dar um jeito de tirar esse povo da minha casa.

— Como?

— Eu não sei. Dê um jeito.

Aísha assentiu e saiu pela porta.

Serena ficou esperando, enquanto tentava pensar em uma maneira de voltar ao normal, mas nada vinha à sua mente. Ela pensou em ligar para Mitch, já que ela aparentava ser a pessoa que sempre tinha a solução. Serena pegou o celular e discou o número da professora, mas a ligação caiu na caixa postal. Ela decidiu deixar uma mensagem e desligou. Minutos mais tarde, sirenes de polícia começaram a ser ouvidas ao longe, e foram ficando cada vez mais altas, conforme se aproximavam dali. *Era só o que faltava.* A polícia talvez espantasse todo aquele pessoal, mas o que diriam quando a encontrassem ali, no banheiro com uma cauda?

Quando a polícia parou em frente à casa de Serena, ela conseguiu ver pela janela somente o clarão das luzes do carro. Então, pessoas começaram a correr e gritar por toda a casa, saindo pela porta, por janelas e qualquer lugar que elas pudessem encontrar para escapar dos policiais o mais rápido possível. Segundos depois, a confusão acabou, mas as luzes e o barulho também sumiram. O silêncio tomou conta de sua casa. Ainda prestando atenção para tentar ouvir algum barulho lá fora, Serena tomou um susto quando tentaram abrir a porta do banheiro. Seus olhos ficaram instantaneamente roxos. No entanto, ela se sentiu aliviada ao abrir a porta e se deparar com Aísha e sua irmã, e não a polícia.

– Quem chamou a polícia? – perguntou Serena, olhando para as meninas.

– Ninguém – disse Aísha.

– Mas eu ouvi as sirenes e todas aquelas luzes, e...

Aísha tirou o celular do bolso e apertou um botão, e as sirenes recomeçaram.

– Mas e as luzes?

– Cortesia da Sierra. Ela consegue criar fogo com as mãos. Pelo jeito, ela é igual a você.

– Sério? – perguntou Serena, olhando encantada para a irmã.

Sierra estendeu o braço, e de sua mão surgiu uma pequena chama brilhante, tão vermelha quanto sangue.

– Descobri no dia em que quase incendiei a casa. Foi por isso. E desde então eu venho praticando. Mas eu não sabia que isso acontecia pelo fato de eu ser uma sereia, porque eu não tenho uma cauda igual a você.

Serena não sabia o que dizer. Estava encantada por não ser a única sereia. Sua irmã era uma também, ou, pelo menos, tinha os poderes de uma.

– Tudo bem, depois a gente ouve todas as histórias de sereia que vocês quiserem contar. Mas agora temos que levar a Serena para cima antes que ela pegue alguma doença por ficar no chão de um banheiro seminua – disse Aísha, pegando os braços da amiga.

Antes que Sierra pudesse pegar a cauda da irmã, Serena sentiu novamente a pontada no peito, com mais intensidade do que antes, e começou a respirar com dificuldade.

– O que está acontecendo? – perguntou Sierra, entrando em desespero.

– Não... não consigo... – Serena tentou dizer, mas não havia ar suficiente em seus pulmões para que ela conseguisse terminar a frase.

– O que vamos fazer? – perguntou Sierra, olhando para Aísha com os olhos marejados.

– Ela tem que ficar na água – disse Mitch, parando na porta do banheiro.

– Mas isso não é exatamente o contrário do que devemos fazer para que ela volte ao normal?

– Você não entende. Ela está com deficiência de água salgada. Se não for colocada na água o mais rápido possível, ela pode morrer. Corram até o banheiro, encham a banheira o máximo que puderem e coloquem todo o sal que houver na casa. Quanto mais, melhor.

Ao final das instruções, Sierra e Aísha saíram correndo do banheiro, deixando Serena e Mitch sozinhas.

– Você... rece... recebeu – tentou dizer Serena.

– Shhh, não diga nada. Apenas tente relaxar.

Depois que a professora terminou de falar, Serena sentiu outra forte pontada no peito e apagou.

Horas mais tarde, Serena acordou se sentindo acabada. Seu corpo todo doía. Ela estava enjoada e toda molhada. E, para piorar, sua cauda ainda não havia sumido.

— Que horas são? — perguntou ela, com a voz embargada.

— Umas três e meia — disse Aísha, que estava sentada em um banquinho ao lado da banheira.

— Como está se sentindo? — perguntou Mitch, que estava sentada na tampa do vaso sanitário, perto da cabeça de Serena.

— Acabada. Todo meu corpo dói — disse Serena. — O que aconteceu comigo?

— Seu corpo está se renovando. Isso acontece com sereias que decidem viver em terra.

— Mas eu não decidi viver em terra. Eu nasci aqui — disse Serena, com a voz fraca por causa do cansaço.

— Eu sei, mas agora é como se fosse assim. Sua mãe nunca gostava quando a lua crescente se aproximava. Sempre ficava deprimida.

— Como assim? Como você tem tanta certeza de que eu herdei isso da minha mãe?

— Querida, sua mãe nunca lhe contou isso até mesmo porque, depois que ela se casou com seu pai, nos distanciamos. Ela sabia o que eu pensava sobre os humanos.

— Humanos? Você também é como eu? Minha mãe é como eu? E o que você tem a ver com quem minha mãe escolheu para casar?

— Bom, como irmã mais velha, achei que você me entenderia. Sempre queremos cuidar de nossos irmãos mais novos.

— Mas você... você é...

– Sim. Sua mãe é minha irmã mais nova. O que faz de mim sua tia.

O choque da notícia foi tão grande que outra pontada forte surgiu no peito de Serena, fazendo com que ela se contorcesse em uma careta de dor.

– Mas ela nunca me falou nada. Como assim *ela sabia o que você pensava sobre humanos*?

– Isso foi há muito tempo. Éramos apenas duas adolescentes. Vivíamos na costa, próximo à praia, com nossos pais. Tínhamos uma vida feliz. Nosso pai era o líder de nosso cardume, um dos mais importantes daquela parte do oceano, e sua mãe e eu éramos muito unidas. Estávamos sempre juntas, mesmo enquanto estudávamos ou quando havia um grande evento em nosso cardume. Todas as sereias e tritões viviam em paz, os condidos, onde nenhum humano nos encontraria. Eu e sua mãe tínhamos uma amiga, a Sofia. Nossos pais não gostavam da ideia de nossa amizade, pois ela sempre infringia as leis das sereias. Ela sempre ficava o mais próximo possível de um humano quando eles mergulhavam. E também ia para a terra durante a semana da sua lua de nascimento, mesmo que aquilo não fosse bem-visto pelas outras sereias e tritões. Nunca fazia a coisa certa, sabe? Um dia, durante a semana da lua de seu nascimento, ela foi para a terra, e acabou se apaixonando por um humano.

– Deixe-me adivinhar... Ela contou tudo a ele, achando que ele guardaria o segredo? – perguntou Aísha.

– Mais ou menos. Sabem aquele boato de que o Sr. B trabalha para o governo?

As meninas assentiram.

– Então, não sei se ele ainda trabalha, mas costumava. O pai dele era o principal comandante do exército quanto ele tinha a nossa idade. Sofia era muito ingênua, não sabia onde estava se metendo. Ela acabou se apaixonando por ele. Na época, Brian era lindo, com aqueles olhos profundamente azuis. Conquistava qualquer uma. Por um tempo, eu achei mesmo que eles estavam apaixonados, e que Sofia deixaria o cardume para viver em terra, até que o fatídico dia chegou. Num dia, vivíamos felizes e em paz. No outro, o caos surgiu. Milhares de redes e arpões foram lançados ao mar para nos capturar. Havia mergulhadores por todos os lados. Foi a cena mais horrorosa que eu já havia visto. Sereias sendo levadas e tritões morrendo enquanto tentavam salvar suas famílias. Conseguimos fugir para um lugar onde nosso pai, usando toda a sua força, nos transformou em humanas e nos mandou para a terra. Imaginem só: duas sereias recém-transformadas em terra, sem nenhuma roupa e com a maior dificuldade de andar, fugindo de milhares de militares que estavam atrás delas. Tínhamos que encontrar um lugar onde nos esconder, e rápido. Então, batemos na porta da casa mais próxima, e uma senhora de mais ou menos uns 60 anos atendeu. Ela era um amor. Quando ouviu nossa história, nos recebeu de braços abertos. Aí, você se pergunta: *Como foi que ela acreditou que sereias estavam batendo em sua porta?* Ela era bibliotecária. Já havia lido todo tipo de livro, então era como se ela vivesse em um mundo de fantasia.

Nesse momento, Serena se lembrou da foto que viu na salinha da bibliotecária, no dia em que ela e Aísha haviam encontrado o livro.

– Ela gosta muito de vocês. Tem uma foto de vocês em uma salinha na biblioteca.

– Nós também a amávamos muito. Ela nos ajudou e cuidou de nós. Ficamos anos escondidas. Vivendo igual a você agora, tendo que ficar em banheiras cheias de água e sal durante o pico da lua de nosso nascimento. Eu durante a lua nova e sua mãe durante a lua crescente. Não foi nada fácil, especialmente quando fomos para a escola humana pela primeira vez. Usávamos nossos poderes nos humanos que nos atormentavam. Anos mais tarde, quando eu e sua mãe já havíamos nos tornado adultas e vimos que as coisas se acalmaram um pouco, voltamos para o mar, mas tudo o que vimos foi destruição. Corpos de sereias que foram mutiladas, ossadas de sereias e humanas por toda a parte, corpos de mães que morreram junto de suas crianças. Tudo havia acabado. Não existia mais motivo para vivermos no mar como sereias normais, então desistimos daquela vida. Sabe, quando se tem a experiência que tínhamos na época, no momento certo e com a mágica certa, é possível drenar toda a magia do corpo de uma sereia. E foi o que fizemos. Vivemos mais um tempo com nossa mãe adotiva. Foi quando sua mãe conheceu seu pai. Dava pra ver que eles eram realmente muito apaixonados um pelo outro, mesmo depois que ela contou o que era de verdade. Eles se casaram e tiveram uma filha, que era você. Mesmo que seu pai fosse humano, Marissa ainda carregava sangue de sereia nas veias. Ela tinha medo de que você fosse como nós, porque ela sofreu muito durante os anos em que vivemos em terra como sereias. Quando você completou treze anos e nada aconteceu, ela ficou mais aliviada. Mas tinha um porém: ela esqueceu que você nasceu na lua azul, e que seus poderes viriam mais tarde, como você pode ver.

– E você? O que fez depois que minha mãe foi embora? – perguntou Serena.

– Morei com nossa mãe durante mais algum tempo. Me tornei professora especializada em Mitologia e escrevi o livro que você e Aísha encontraram, contando tudo sobre sereias e batizando o massacre que foi feito à nossa raça de...

– Guerra das Marés – disse Serena.

– Exatamente – respondeu Mitch.

– Mas por que as páginas foram arrancadas do livro? – perguntou Aísha.

– Depois que a guerra acabou, descobrimos que Brian tinha fugido do país, mas não sabíamos o porquê nem para onde ele havia ido. Anos mais tarde, descobri que ele havia voltado. Não sabia se ele me reconheceria, porque havia anos desde que nos encontramos pela última vez. Então, eu peguei o livro e arranquei todas as páginas para garantir, caso ele encontrasse o livro e visse o autor, que não viesse atrás da nossa família. Queimei as páginas sobre a guerra e pedi que minha mãe escondesse o livro. Eu nunca mais o vi até o dia em que você e Aísha o encontraram.

– Eu não entendo uma coisa: Como você sabia que Serena seria uma sereia? – perguntou Aísha, olhando com curiosidade para a professora.

– A mecha no cabelo dela. Sereias com poderes muito raros nascem com ela. Guardei o anel do humor para dar a ela, caso precisasse de ajuda. E, pelo visto, fiz certo. Serena, seus poderes ficarão mais fortes e muito mais difíceis de controlar, mas eu posso ajudá-la. E posso ajudar sua irmã também. Mas, antes, devemos conversar com sua mãe. Agora é melhor você descansar. Hoje foi um longo dia, e amanhã você terá muito o que conversar com ela.

Dito isso, Serena recostou a cabeça na banheira e apagou.

– Serena, o que é que você está fazendo? – perguntou Marissa com um berro que acordou Aísha, que estava dormindo no banquinho.

Serena levantou-se rapidamente, sentindo seus olhos ficando roxos. Suas pernas estavam de volta e, pela cara que a mãe fez ao encarar a filha, ela notara a mudança nos olhos de Serena.

– Mãe, precisamos conversar.

CAPÍTULO 15

— E então, como foi a conversa com sua mãe? — perguntou Aísha, na segunda de manhã.
— No começo eu fiquei com um pouco de medo. Tinha medo de que ela fosse me dar um tapa cada vez que eu falasse alguma coisa. Mas depois ela foi se acalmando. Ficou triste por nunca ter me contado e furiosa ao saber que eu tive que ouvir toda a história pela minha tia, e não por ela.
— E ela vai deixar Mitch treiná-la?
— No começo ela ficou em dúvida, mas depois concordou. Mas isso só vai acontecer depois do enterro da vovó, amanhã. E, é claro, ela me deixou de castigo.
— Que droga.
Serena concordou.
— A treinadora me ofereceu o lugar da Caise na equipe de natação.
— Que maravilha! Você aceitou, né?

– Mesmo que eu quisesse, não poderia. Além de não gostar da equipe de natação, meu estoque de desculpas acabaria quando a semana da lua cheia chegasse. Além disso, eu tenho mais três meses antes das competições acabarem, o que é muita coisa.

Aísha não gostou muito da decisão da amiga, mas não disse nada. As meninas foram até o armário de Serena pegar os livros para a primeira aula. Assim que Serena abriu o armário, um bilhete caiu aos seus pés. Ela o pegou para ler. Assim que terminou, seus olhos ficaram pretos. Aísha tomou o bilhete de suas mãos e ficou tão chocada quanto a amiga quando terminou de ler aquilo. No pequeno pedaço de papel estava escrito:

EU SEI O QUE VOCÊ É.

Saiba mais, dê sua opinião:

Conheça - www.talentosdaliteratura.com.br
Leia - www.novoseculo.com.br/blog

Curta - /TalentosLiteraturaBrasileira

Siga - @talentoslitbr

Assista - YouTube /EditoraNovoSeculo

novo século®